이번 생은 황제로 살겠다

STAY 판타지 장편소설

이번 생은 황제로 살겠다 4

초판 1쇄 발행 2023년 7월 21일

지은이 | STAY
발행인 | 최원영
편집장 | 이호준
편집 | 송영규 최종건 정재웅 양동훈 곽원호 조정범 강준석 김시언
편집디자인 | 한방울
영업 | 김민원

펴낸곳 | ㈜ 디앤씨미디어
등록 | 2002년 4월 25일 제20-260호
주소 | 서울시 구로구 디지털로 26길 111 JnK디지털타워 503호
전화 | 02-333-2513(대표)
팩시밀리 | 02-333-2514
E-mail | papy_dnc@dncmedia.co.kr
블로그 | blog.naver.com/gnpdl7

ISBN 979-11-364-4599-5 04810
ISBN 979-11-364-4483-7 (SET)

PAPYRUS FANTASY STORY

4

이번생은 황제로 살겠다

STAY 판타지 장편소설

PAPYRUS
파피루스

1장. 고래 싸움의 승자는 새우

고래 싸움의 승자는 새우

연구소장이 가족들과 도착한 곳은 숲 한복판에 세워진 별장이었다.

그곳에서 살리오가 연구소장을 반갑게 맞이했다.

"안녕하십니까. 네임드의 부길드장 살리오라고 합니다."

"연구소장 지젤입니다. 말씀 많이 들었습니다."

페르노크가 소개한 길드원들을 따라 이곳까지 오면서 지난 몇 년 사이 급격하게 성장한 네임드의 설명을 들었다.

든든했지만, 한편으론 의아한 생각이 겹쳤다.

왜 페르노크는 르젠의 1왕자와 적대적인 관계가 된 걸까.

“이곳은 길드장님께서 각별한 보안을 신경 쓴 안전 가옥입니다. 식량과 생필품 모두 충분히 비축해 두었으니 아무 걱정 말고 편히 지내십시오.”

“저흰 이곳에서 얼마나 지내야 합니까?”

“길드장님께서 외부 일을 마무리하는 동안 더 안전한 구역을 마련하고 있습니다. 다만, 르젠의 백성으로 생활하진 못할 겁니다.”

“그건 상관없습니다.”

“필요한 것들은 말씀만 하십시오. 최대한 협조하라는 길드장님의 당부가 있었습니다.”

“그럼 한 가지 궁금한 게 있습니다.”

“말씀하시죠.”

지젤은 연구원들과 떨어진 곳으로 살리오를 데려와 물었다.

“대체 이 정도 규모의 길드가 왜 1왕자에 반기를 든 겁니까?”

“민감한 내용이 있어서 설명드리기 힘듭니다.”

“국가와 싸울 힘이 필요하다지 않습니까. 이미 각오는 했습니다.”

“듣게 된다면 쉽게 발을 빼진 못할 텐데, 괜찮으시겠습니까?”

“내 목에 칼이 들어와도 반드시 신의를 지킬 테니 말씀해 주십시오.”

살리오가 곤란한 척 조심스럽게 말했다.

"사실, 저희 길드장님은 일루미나 왕국의 왕위 계승 후보자이십니다."

"……!"

"사생아의 신분이지만 그 또한 왕위 계승 자격이 있음을 일루미나 왕국법이 보장하고 있지요. 한데, 일루미나의 1왕자와 르젠의 1왕자가 손을 잡는 게 아닙니까. 당연히 길드장님은 이 사실을 간과할 수 없었죠. 해서, 르젠의 1왕자를 어떻게든 약화시켜야만 하는 곤란한 처지에 놓이신 겁니다."

지젤이 무거운 표정으로 고개를 끄덕였다.

"길드장님과 소장님은 서로의 이해관계가 일치하지 않습니까. 공통의 적을 견제하기 위해 잠시만 손을 잡고 모든 것이 평화로워지면 다시 안전한 세상에 여러분들이 살아갈 수 있도록 도와드리라는 게 길드장님의 뜻입니다."

"어려운 길을 걸으시는군요."

"예. 하지만 1왕자처럼 여기 계신 분들을 갈취하고 억압하며 협박하진 않을 겁니다. 다시 말씀드리지만 안전하게 여러분들 모시는 것이 최우선이고, 그다음이 협력을 구하는 것입니다."

"가족을 구해 줬으니 나도 필요한 수단은 모두 강구하겠습니다."

"감사합니다. 그리고 이건 제 개인적인 욕심입니다. 만약, 소장님께서 세상에 자신의 이름을 알리고 싶다면 길드장님을 택하십시오."

"그게 무슨 말입니까?"

"네임드가 단시간에 이 정도로 성장한 게 가능했던 이유는 전적으로 길드장님의 능력 덕분입니다. 그분은 반드시 큰일을 해내실 거고, 자유분방한 용병들도 모두 품에 안을 만큼 넓고 대단하신 분이죠."

살리오가 은밀히 속삭였다.

"물러날 곳이 없다고 생각하지 마십시오. 어쩌면 소장님은 일생일대의 기회를 눈앞에 마주하고 계신 걸지도 모릅니다. 저희와의 협력 기간이 끝날 때까지 천천히 고민해 보시죠."

떨어진 살리오가 싱긋 웃었다.

"모쪼록 이 대화는 무덤까지 가지고 가셔야 합니다."

"속 시원히 얘기해 주셔서 감사합니다. 하지만 부길드장님의 말씀처럼 이게 기회라고 한다면 연구원들과 긴밀히 의논해야 할 문제라고 생각됩니다."

"그건……."

"저는 긍정적인 입장입니다. 아니, 오히려 적극적으로 설득할 자세가 되어 있습니다."

지젤은 결연한 표정이 되었다.

"우린 이제 갈 곳도 없습니다. 능력에 따른 대가를 공정하게 지불해 주신다면, 모든 연구가 길드장님께 도움이 되도록 최선을 다하겠습니다."

"그건 걱정 마십시오. 길드장님은 재능이 없는 사람들도 어떻게든 끌어 올리려 하십니다. 누구보다 인재를 사랑하는 분이시니 여러분들의 합류를 짐이 아닌 선물로 받아들이실 겁니다."

"그럼 바로 부탁드릴 게 있습니다."

"뭐죠?"

지젤의 눈가에 살기가 어렸다.

"어찌 되었든 르젠의 1왕자와 싸운다면 많은 병사들과 부딪혀야겠지요. 제가 마력섬광포를 더 개량시키겠습니다. 열세인 전력을 단숨에 뒤엎을 만한 병기를 만들 겁니다."

"필요한 게 뭡니까?"

"개량 섬광포는 마력을 충전시켜 발동하는 편의성을 대폭 늘릴 겁니다. 해서, 마력을 담아 놓을 특별한 광석이 필요합니다."

"광석?"

"세간엔 알려지지 않았습니다. 저희도 최근 연구를 통해 알아냈죠."

지젤이 연구원들에게 다가가 무언가를 요구했다.

연구원들이 주머니에서 새까만 조각을 꺼냈다.

지젤이 새까만 조각을 받아 살리오 앞에 내보였다.

살리오의 눈이 휘둥그레졌다.
"이건 가룬 아닙니까?"
"알고 계십니까?"
"소싯적에 광산 호위 임무를 맡다가 알게 되었습니다. 그때, 광부들이 분명 가룬은 쓸모없는 광석이라고 했던 기억이 있군요."
지젤이 손가락에 힘을 주자 가룬이 톡 부서졌다.
"보다시피 강도가 매우 약하여 장식품 정도로 가공하는 광석입니다. 하지만 이것이 일정 이상의 마력을 받았을 때, 단단한 코어로 가공할 수 있다는 사실을 알아냈죠. 그리고 그 코어엔 상당한 마력을 담을 수 있습니다."
"……!"
"가룬은 헐값에 거래되는 광석입니다. 길드장님만 알고 계십시오."
살리오가 치솟으려는 입꼬리를 간신히 억눌렀다.
"소장님의 지식이 저희에게 큰 도움이 됩니다."
"최대한 가룬을 많이 확보해 주십시오. 그리고 고레벨의 마법사들을 배치해서 당장 가공 작업에 들어갑시다."
지젤이 입매를 뒤틀었다.
"길드장님께서 신호만 주시면 그 저주받을 르젠 왕가를 쓸어버릴 섬광포를 만들어 보이겠습니다."
"감사합니다. 하지만 연구원분들의 안위를 먼저 생각해 주십시오. 절대, 무리한 연구는 해선 안 됩니다."

"배려에 감사드립니다. 그럼 저희도 이만 안에 들어가 쉬어도 되겠습니까?"

"예. 부족한 건 저기 있는 길드원들에게 말해 주시면 됩니다."

지젤이 꾸벅 고개를 숙이곤 가족들과 연구원들에게 돌아갔다.

가족들을 먼저 별장 안으로 들여보낸 지젤은 연구원들과 앞으로의 일을 의논하는 듯했다.

'길드장님이 제대로 꿰어 내셨군.'

페르노크는 어디로도 돌아갈 곳 없는 방랑자들이 안전한 휴식처로 돌아올 거라고 얘기했다.

또한 명예와 신념으로 일했던 자들은 비슷한 환경이 제공되었을 때, 다시 한번 일어설 거라고 확신했다.

연구소장에게 제시한 조건은 전부 페르노크가 보낸 서찰에 적힌 내용 그대로였다.

예상치 못한 건 시중에서 폐급으로 취급받는 광석 가룬에 엄청난 활용도가 있다는 점이다.

'가룬은 심지어 르젠에서만 나는 걸로 알고 있는데…….'

헐값에 거래되는 만큼 가룬을 채광하는 곳은 드물다.

애들 장식품으로나 만들 광석에 불과했고 전운이 감도는 이 나라는 철광석을 중요시했다.

'……일단, 리오와 상의해야겠군.'

리오는 4왕자의 배를 불리는 한편, 길드를 위한 여러

일을 진행 중이다.

잡다한 업무는 모두 리오에게 보내 두면 알아서 처리해 준다.

살리오는 리오에게 서신을 띄웠다.

그리고 얼마 지나지 않아 답장이 도착했다.

[시중에 나와 있는 가룬을 대량 구입해서 장사꾼들의 괜한 이목이 집중되지 않도록, 적정한 양만 소량으로 매입해 두십시오.

그리고 제가 시일을 봐서 가룬의 채굴장을 전부 사들이겠습니다.]

가룬을 독점한다.

자세한 내용은 모르지만, 리오는 그것이 가능하다고 말했다.

'알아서 잘하겠지.'

페르노크도 리오가 가능하다고 말한 일은 전적으로 협력하라고 했었다.

이제껏 한 번도 페르노크의 판단은 틀리지 않았다.

살리오는 리오에게 답장하고 지젤과 마주했다.

며칠 동안 앞으로의 거취를 깊이 고민했는지 그의 눈 밑엔 지독한 다크서클이 내려앉아 있었다.

하지만 그의 눈동자만큼은 처음 올 때보다 맑게 반짝이

고 있었다.

“길드장님께 앞으로 왕자님으로 불러야 하는지 여쭤봐 주십시오.”

살리오가 크게 웃으며 악수를 권했다.

“환영합니다. 호칭은 편한 대로 하십시오.”

지젤이 의욕에 불타며 살리오의 손을 힘껏 마주 잡았다.

* * *

페르노크가 귀환하자 살라반은 미소로 반겼다.

‘이미 비밀 연구실의 상황을 다 알고 있군.’

살라반에게서 여유가 넘쳐흐르고 있었다.

“조금 늦었습니다.”

“아닙니다. 큰일을 아주 무사히 처리하셨군요.”

“사람을 붙이신 겁니까?”

“노발대발하는 형님의 표정을 보고 확신했을 뿐입니다. 혹여 사람이 붙어 행적이 들키면 길드장님께서 곤란하지 않습니까. 어떻게 일을 처리했는지 궁금합니다.”

페르노크는 명쾌하게 답했다.

“성가신 놈들이 있어서 한 번에 제거했습니다. 경계망만 무력화시키니 외부에서 추가 병력이 오지 않더군요. 혹시나 흔적이 들키지 않도록 건물 자체를 부숴 버렸습니다.”

살라반이 고개를 끄덕였다.

"그리고 이걸 챙겨 왔습니다."

살라반의 눈동자가 이채를 발했다.

"섬광포를 다양한 형태로 발전시키는 이론입니다."

가짜 설계도를 살핀 살라반이 흡족한 미소를 머금었다.

"정말 일 처리가 깔끔하시군요."

삼엄한 경계를 뚫고 1왕자의 핵심 시설 하나를 모조리 파괴하여 타격을 입힌 것은 물론, 그가 쌓아 올린 결과물까지 가져왔다.

살라반의 눈동자에 탐욕이 일었다.

어떻게든 페르노크를 더 붙잡고 싶은 욕망이었다.

"이건 형님과 아주 좋은 거래를 할 수 있을 것 같네요."

"그걸 왕자님께서 사용하지 않으실 겁니까?"

"어차피 왕국에 귀속될 물건입니다. 그럼 좋은 협상카드로 사용하는 편이 더 효율적이지 않겠습니까."

마력포는 르젠 왕국의 보물이다. 이걸 멋대로 변형하고 개조했다는 사실을 숨긴 1왕자를 다들 좋지 않게 볼 것이다.

살라반은 이 설계도을 이용해 1왕자를 정치적으로 압박하는 건 물론, 마력포를 발전시켰다는 공을 세워 입지를 다질 생각이었다.

'돌머리는 아니군.'

페르노크가 표정을 감추며 말했다.
"연구소에 생존자는 없습니다."
"최종 결과물을 아는 자가 이젠 저와 길드장님뿐이겠군요."
"제 입은 전속이 끝나더라도 무거울 테니 안심하시길."
"하하하, 제가 설마하니 '제 사람'을 억압하고 협박하겠습니까?"
자신이 왕이 되더라도 S급 길드를 통솔할 페르노크의 뒤를 받쳐 주겠다.
그런 뉘앙스가 담겨 있어서 페르노크는 미소로 화답했다.
"정말 아쉽군요. 왜 길드장님 같은 분을 이제야 만났을까."
살라반이 무언가를 고심하는 듯 탁자를 손가락으로 두들기다가 이내 활짝 웃으며 몸을 일으켰다.
"페르노크 길드장님, 내일 잠시 저에게 시간을 내주실 수 있습니까?"
살라반이 무언가 큰 결심을 내렸다.
페르노크가 예사롭지 않은 말에 고개를 끄덕였다.
"편하게 대하십시오. 전 왕자님의 검입니다."
"전 길드장 님을 단순한 칼잡이로 머물게 할 생각이 없습니다. 유능한 인재에겐 그에 걸 맞는 대우가 필요합니다."

살라반이 싱긋 웃었다.

"정복을 준비해 두죠. 그것을 입고 점심까지 루트밀라 공작가로 가시죠."

페르노크가 치솟는 미소를 억눌렀다.

루트밀라 공작은 살라반의 가장 큰 지지자이자 르젠 왕국에서 손꼽히는 마도사이며 군부를 통솔하는 총사령관이다.

몇 년 뒤 S2에 진입할지도 모른다는 소문이 심심찮게 들리는 왕국의 실세 중의 실세이다.

살라반의 가장 큰 지지자와 자리를 마련한다는 건, 그가 페르노크를 본격적으로 밀어주겠다는 뜻이다.

'섬광포 이상의 고급 일거리가 쏟아지겠군.'

어쩌면 페르노크의 가치를 높게 친 2왕자파에게서 생각지도 못한 선물을 받을지 모른다.

'연구실 건이 크긴 컸나 봐.'

살라반이 먹기 좋은 보물들을 거머쥔 황금 거위처럼 보였다.

페르노크가 고개를 숙이며 씨익 웃었다.

"예, 왕자님."

"오늘은 술과 음식을 먹으며 편히 쉬세요."

살라반이 준비해 둔 술과 음식을 안으로 들이며 방을 떠났다.

페르노크가 간만에 술잔을 기울였다.

목구멍을 타고 흘러내리는 술이 무척이나 달콤하게 느껴졌다.

* * *

루트밀라 공작은 타고난 천재성으로 르젠을 휩쓸었다.

평생을 마도에 바치겠다며 가정조차 일구지 않은 그는 강함을 신봉했다.

특히 나라를 부강하게 만들겠다며 받아들인 수많은 제자는 대부분 군부에서 뛰어난 성과를 선 보였다.

그런 루트밀라가 살라반을 공개적으로 지지했을 때, 많은 귀족들이 의아해했다.

촉망받는 마법사인 1왕자 대신 책을 끼고 사는 2왕자를 선택한 이유가 무엇인가.

무력의 상징 같은 인물은 이렇게 답했다.

[살라반 왕자는 능력을 중요시한다.]

혈통과 신분에 구애받지 않는 자유로움.

루트밀라의 가치관과 인재를 우대하는 살라반의 이해관계가 일치한 것이다.

덕분에 다음 왕위를 굳혀 가던 1왕자 세력이 흔들렸다.

군부 세력이 살라반에게 붙으면서 대등한 관계가 성립

되었다.

살라반이 날뛸 수 있는 여유도 루트밀라라는 패를 쥐고 있기 때문이다.

더 많은 것들을 얻기 위해선 그를 손에 넣고 주물러야 한다.

"페르노크 님, 기다리고 있었습니다. 안으로 드시죠."

공작가의 집사가 성문처럼 거대한 담장 안으로 페르노크를 안내했다.

잘 가꿔진 정원 곳곳에 군복 차림의 남녀들이 앉아 있었다.

'2, 3레벨 마법사들. 마력도 잘 갈무리되어 있군.'

이 대저택에 머물 수 있는 사람은 세 부류다.

하인이거나 제자이거나 혹은 협력자.

그런데 페르노크는 저택에 들어서지도 못하고 건물을 빙 돌아가야 했다.

"어디로 가지?"

"공작님이 연무장에서 기다리고 계십니다."

"왕자님은?"

"점심시간에 맞춰 온다고 하셨습니다."

"그런 시시콜콜한 것까지 다 알고 있나?"

"접대에 소홀함이 없어야 하니까요."

집사 역시 4레벨 마법사였지만, 길드 간부들과 붙여도 크게 밀릴 것 같지 않았다.

강자를 우대하는 루트밀라의 방침이 느껴진다.

"그만!"

우렁찬 목소리가 들릴 무렵, 페르노크는 연무장에 도착했다.

한창 대련 중이었는지 두 마법사가 헉헉거리자, 따끔한 질책이 울려 퍼졌다.

"마력 전환이 느리다! 그리고 티끌만도 못한 마력을 활용하면서 왜 지쳐 쓰러지는 건가!"

"죄송합니다!"

"마력뿐만 아니라 체력도 함께 키워라. 마법에 의지해선 더 높은 곳까지 이르지 못해."

"예!"

"오늘 대련은 이것으로 끝이다. 내일 다시 모이도록!"

"감사합니다!"

절도 있게 고개를 숙이며 두 마법사가 물러났다.

페르노크가 연무장에 홀로 선 남자를 보았다.

호수를 닮은 듯 잔잔하게 내려앉은 푸른 머리에 강대한 체구.

하체의 중심이 무척 안정된 거인이었다.

영혼 구별로 파악한 남자는 살라반보다 더 찬란한 빛을 내고 있었다.

'마력의 농도가 압도적으로 짙군. 산맥의 주인이나 지프보다 강해.'

집사가 그자에게 목례하고 연무장을 떠났다.
"자네가 페르노크인가."
르젠의 또 다른 마도사.
루트밀라 공작이 페르노크에게 잔잔한 시선을 보냈다.
하지만 눈동자를 스쳐 가는 마력의 날카로움까지 감추진 않았다.
"만나서 반갑군."
"영광입니다, 공작님."
"왕국을 떠들썩하게 만든 비범한 천재의 일화는 아주 재미있게 들었네. 우리와 함께한다니 더없이 든든하군."
"보는 눈이 많습니다."
"괜찮아. 어디 가서 함부로 입을 열지 않을 충직한 수하들일세."
루트밀라가 웃으며 말을 이었다.
"이곳에선 오직 진실만 용납되네. 해서 말인데, 내 개인적으로 궁금한 게 있어."
"……?"
"지프가 죽이지 못한 산맥의 괴물을 어떻게 자네가 죽인 걸까?"
"운이 좋았습니다."
"보는 눈이 없는 멍청이들은 그렇게 말하겠지."
루트밀라가 입꼬리를 쓰윽 말아 올리며 관전석의 제자들에게 외쳤다.

“너희는 지금 이자가 어느 정도의 수준으로 보이느냐!”
“7레벨 마법사입니다!”
고개를 끄덕인 루트밀라가 페르노크에게 시선을 돌렸다.
“멍청한 제자 놈들을 둬서 미안하군.”
페르노크의 입매가 들썩였다.
아무래도 루트밀라는 살라반이 오기 전에 이 자리의 핵심 인사들에게 자신을 각인시킬 생각인 듯했다.
‘살라반의 지시가 있었나.’
곳곳에서 군복을 입지 않은 귀족들이 모습을 드러내기 시작했다.
모두 이곳에 이목을 집중한다.
자신들과 한배를 탄 사람이 어느 정도의 위인인지 확인하려는 것처럼.
“제자들이 속을 만큼 감쪽같은 실력을 갖춘 자네가 청소부를 자원한 이유가 뭘까.”
루트밀라가 마력을 끌어 올리며 시답잖은 압박감을 가했다.
“왕자님이 오시기 전에 확인하고 싶은데, 괜찮겠나?”
루트밀라는 굉장히 호전적인 인물이다.
젊은 시절 상관의 명령이 틀렸다며 거부하고, 그 목을 쳐 내 전쟁에서 승리했다는 일화는 지금도 회자되고 있다.

이토록 직관적인 자와 친분을 맺어 두면 나름대로 쓸모가 있다.

게다가 일루미나와의 일전을 앞두고 마도사란 존재의 실력이 어느 정도인지 궁금하기도 했다.

'지프 같은 머저리와는 다른 진짜배기.'

언젠가 꺾어야 할 일국의 마도사.

지금의 자신이 어디까지 근접했는지 확인할 증거로 루트밀라는 적당한 상대였다.

'하지만 그냥 놀아 줄 순 없지.'

페르노크의 계약자는 살라반 왕자다.

지금 루트밀라의 의심은 살라반의 검증 절차를 무시하는 돌발적인 행동이다.

다른 자들에게 위협이 통했을지 몰라도, 언제든지 떠날 수 있는 자신에겐 어림도 없다.

이 어설픈 외압에 놀아 주는 대가를 톡톡히 받아 낼 것이다.

"공작님, 저는 이미 왕자님께 인정받고 여기까지 왔습니다. 저에 대한 의심은 곧 왕자님께 향한 결례로 이어집니다."

"젊은 사람이 굉장히 예민하군. 난 그저 자네 같은 실력자가 굳이 뒷일을 자처했는지 궁금해서 물어본 것뿐이야."

"이유는 직접 보여드릴 수 있습니다."

페르노크가 연무장으로 시선을 돌리자, 루트밀라의 눈이 번뜩였다.

무장의 기세가 달아오른 듯 루트밀라의 마력이 후끈거렸다.

"하지만 곧 왕자님을 봬야 하는데 땀에 젖은 채로 갈 순 없지 않겠습니까."

"내가 잘 말씀드리지. 옷도 좋은 걸로 몇 벌 맞춰 주겠네."

"이건 공작님께서 주실 어떤 옷보다도 값진 옷입니다."

"그리 비싸 보이지도 않는데, 얼마나 하나?"

"제가 첫 임무를 무사히 마치고 얻은 신뢰의 증표입니다."

"그래서?"

"비록 공작님께 하찮은 용병으로 보일지 모르나, 저 또한 쌓아 온 명예가 있습니다. 청소부까지 자원한 제 충정을 의심한 대가는 결코 가볍지 않습니다."

루트밀라가 흥미로운 눈길을 보냈다.

"그래서?"

"저는 공작님을 납득시키기 위해 제 시간과 많은 것들을 소모해야 하죠. 그에 합당한 대가를 원합니다."

"이런 발칙한 놈! 감히 내게 흥정을 하겠다고?"

"술 한 잔만 기울여도 그 사람의 됨됨이를 알 수 있습니다. 한데, 무력으로 이를 증명하는 과정이 제겐 혹독해 보이는군요. 더군다나, 상대는 이 나라 최강의 마도사 아닙니까?"

"그럼 뭘 원하는 것이냐."

"서로 간의 믿음이 쌓여 굳건한 신뢰가 될 테니, 그 증표로 공작님의 인장이 찍힌 통행증 하나만 발급해 주십시오."

"뭐라?"

"왕자님과는 계약했다는 사실이 있지만, 공작님과는 뭐 하나 인정받은 게 없지 않습니까. 용병은 구두 계약을 하지 않습니다. 확실한 보상을 주셔야 합니다."

루트밀라의 인장이 찍힌 통행증이라면 르젠 왕국의 검문은 쉽게 통과할 수 있다.

앞으로 인재나 무기, 식량 등을 빼돌릴 때 통행증은 아주 유용한 도구로 사용될 것이다.

"내게 통행증을 얻는다는 건, 곧 가족이 되겠다는 뜻이다."

"그 여부를 확인하려고 지금 저를 이곳에 부르신 거 아닙니까? 이참에 저기 숨어 있는 자들에게 모두 확인시켜 주십시오."

"아직 젊어서 그런 거 같은데. 욕심이 과하면 크게 넘어지는 법이야."

"제 다리는 아직 튼튼합니다."

"크하하하하하하!"

루트밀라가 지면을 세게 밟았다.

쿠우우우우웅!

지진이라도 난 것처럼 연무장이 들썩였고, 저택 넓게 퍼져 있던 그의 제자들이 순식간에 몰려들었다.

"이거 가볍게 맛만 보려 했더니, 아주 판을 크게 키우는 재주가 있구나."

페르노크가 싱긋 웃었다.

"오냐. 나는 한 번 결심한 일을 결코 무르는 법이 없다. 이 시작을 내가 하였으니, 끝도 확실히 치러야겠지."

"하면……."

"네가 원하는 것을 주마. 하나, 그 자신감의 이유를 증명하지 못한다면 왕자님께서 부탁하시더라도 나는 너를 결코 용납하지 않을 것이다."

"편하신 대로 하십시오. 그런데 여기서 해도 괜찮겠습니까?"

"이곳엔 입이 무거운 사람들밖에 없어. 어떤 고문을 받아도 자네의 이름이 밖으로 새어 나갈 염려는 조금도 하지 말게."

"그럼 한 수 부탁드리죠."

루트밀라가 싸늘하게 웃으며 크게 외쳤다.

"지금부터 대련을 시작한다!"

순간, 제자들이 웅성거렸다.

수년 동안 루트밀라에게 대련을 청하겠다고 말한 자는

없었다.
루트밀라는 대련도 실전처럼 전력을 다해, 항상 상대를 빈사 상태로 몰고 갔기 때문이다.
그런데 이번엔 루트밀라가 반대로 페르노크에게 대련을 청했다.
이런 경우는 그가 공작에 오른 이후 단 한 번도 없었다.
"착석!"
루트밀라가 호령하자 제자들은 입을 다물고 그 자리에 앉았다.
정적이 감도는 연무장에 루트밀라의 마력이 끓어오른다.
"이 일전에서 절대 눈을 돌리지 말도록!"
"예, 스승님!"
루트밀라가 페르노크에게 고개를 돌렸다. 그리고 손에 가죽 장갑을 꼈다.
"강화 계열 마법사라지."
"공작님은 원소 계열이라고 들었습니다."
"지프처럼 지팡이나 휘적일 거라고 생각하나?"
"아뇨. 몸의 균형이 좋습니다. 도구보단 몸에 의지하시는 듯하군요."
"눈썰미가 괜찮군."
루트밀라가 주먹을 눈앞에 들어 올렸다.
안정적인 권각술 자세에서 손바닥만 까딱거렸다.

"한판 놀아 보세."

페르노크가 관찰안을 발동했다.

동화율이 오름에 따라 관찰안도 진화를 거듭하여 지금은 미약하게나마 혼의 움직임을 파악할 수 있다.

페르노크가 오른발을 떼려 하니 혼이 왼쪽 어깨에 깃들다가 사라졌다.

직후 근육과 마력이 왼팔에 흘러 들어가는 흐름이 느릿하게 보였다.

'과연.'

지프처럼 화려하게 싸우는 스타일이 아니다.

강화계열이 아님에도 내실이 꽉 차 있다.

처음 보는 형태의 마법사, 아니 마도사.

'나와 비슷한 타입인가.'

지금의 수준을 측정하기에 너무나 훌륭한 교보재다.

'아티펙트는 감추는 게 좋겠지.'

페르노크가 반지 형태의 아티펙트를 주머니에 넣고 주먹을 말아 쥐었다.

"권법가인가?"

"다른 무기도 다룹니다만, 권각술이 좀 더 몸에 맞습니다."

"취향은 마음에 들어."

루트밀라의 발끝이 움직인 순간, 탐색을 끝낸 페르노크가 먼저 달려들었다.

쿵!

주먹과 주먹이 맞부딪쳤다.

페르노크가 주먹을 타고 오르는 마력의 강렬함에 눈을 빛냈다.

'마력강체술처럼 마력을 몸에 코팅하는 게 아니야. 아주 얇은 물의 장막을 주먹에 둘러서 나를 밀어내고 있어.'

마법을 종잇장보다 얇게 응축시켜 육체를 타고 흐르게 만든다.

심지어 전신을 감싼 것도 아니다. 페르노크의 타격이 향하는 곳에만 알맞게 물을 응집시킨다.

마력의 손실을 최소화하며 효율적인 공방을 추구한다.

즉, 페르노크의 움직임이 모두 읽히고 있다는 뜻이다.

'원소 계열을 이런 식으로 활용하면 강화계열처럼 근접 전투가 가능해지는군. 어떤 면에선 이 방식이 더 깔끔해 보여.'

페르노크가 주먹에 마력을 집중시켜 내뻗으니 루트밀라도 피하지 않고 맞받아쳤다.

하지만 충돌음은 울려 퍼지지 않았다. 루트밀라의 주먹을 감싼 물이 페르노크의 주먹을 부드럽게 흘려 넘겼기 때문이다.

'물이 공격을 흘려보내듯, 바람이나 불을 덧씌운다면 단순히 마력으로 강화시킨 몸보다 훨씬 다양한 전술이

가능해진다.'

페르노크의 주먹이 빗겨 나가자 복부가 열렸다.

그 틈을 놓치지 않은 루트밀라가 진각을 밟으며 안으로 파고들었다.

물을 발에 둘렀기에 일련의 동작들이 미끄러지듯 연결되었다.

'여기에 지프처럼 광범위 마도술을 터트린다면 원소 계열의 약점은 모두 해소된다.'

페르노크는 루트밀라의 전력을 대략 파악했다.

S2에 오를 거라는 말이 허황되지 않을 만큼 루트밀라의 마법 활용력이나 순간 판단력은 결코 빈틈이 없다.

'이게 일국의 마도사.'

쉽지 않다.

마력강체술만으론 루트밀라와 채 열 합도 겨루지 못한다.

'영법을 사용하면 두 팔을 뜯어 버릴 수 있겠지만…….'

루트밀라는 보이는 것보다 더 호전적이었다.

틈만 보이면 물어뜯으려는 게 짐승 같다는 착각이 들 정도였다.

호쾌한 마법을 적절히 구사하지만 그럼에도 상대를 구석까지 몰아붙이는 냉정한 판단력도 갖추고 있다.

'일루미나의 마도사도 이 정도급이라고 생각해 두는 게 맞겠지.'

페르노크가 영력을 끌어내고 싶은 호승심을 억눌렀다.
루트밀라도 마도술까지 발동하진 않았다.
열 합이 넘어설 무렵, 서로를 인정한 상태였고 살라반의 기척이 느껴졌기 때문이다.
'마무리는 그게 좋겠군.'
공작가의 통행증이란 보물과 더불어 살라반에게 귀한 인재라는 사실을 각인시킬 기회다.
페르노크가 보란 듯이 뒤로 물러났다.
루트밀라의 주먹이 가슴에 닿기까지 2초 정도의 시간을 벌었다.
찰나의 틈을 페르노크의 팔등이 파고들었다.
루트밀라가 뻗은 팔의 물이 페르노크의 팔등을 타고 흘러 동시에 두 주먹이 도착했다.
펑!
가슴에 물을 두른 루트밀라가 한 발자국 물러났고, 페르노크는 다섯 걸음이나 밀려났다.
지켜보던 제자들이 놀란 눈을 크게 떴다.
비록 막혔다고는 하나, 수년 만에 루트밀라의 가슴을 두드린 사람이 나타난 것이다.
"이게 실전이었으면 자넨 죽었어."
"그러니 제가 청소부를 자처한 겁니다."
"뭐?"
"제 심장을 내주는 한이 있어도 상대의 심장을 취한다.

제 방식은 암살자에 가까우니까요."

루트밀라가 침음을 흘렸다.

페르노크가 입가에 흐르는 피를 닦으며 물었다.

"제가 가장 잘할 일을 찾아 왕자님과 계약했습니다. 이 만하면 답이 됐습니까?"

루트밀라가 페르노크를 지그시 바라보았다.

그리고 씨익 웃으며 품에서 꺼낸 무언가를 페르노크에게 던졌다.

페르노크가 그것을 잡아 손바닥에 올려다보았다.

공작가의 인장.

그것도 루트밀라의 직인이 찍힌 통행증이었다.

"어디에 있든 당당해지게. 누구든 자네를 업신여기려 한다면 그것이 곧 공작가를 상대한다는 의미임을 내 똑똑히 각인시켜 줄 테니."

페르노크를 바라보는 눈동자에 진한 호의가 담겨 있었다.

* * *

짝짝짝!

박수 소리에 맞춰 루트밀라와 페르노크가 고개를 돌렸다.

"제 손님을 이리 대하시면 곤란합니다, 공작님."

살라반이 웃으며 말하니, 루트밀라도 씨익 웃었다.

"이젠 제 손님이기도 합니다, 왕자님."

"서로 친분을 다지신 것 같아서 기분이 좋네요."

"하하하, 다 알고 계셨으면서 또 그런 말씀을 하십니다."

루트밀라가 만면에 미소를 머금고 관객석에 몸을 돌렸다.

"오늘부터 페르노크 길드장은 우리 공작가의 손님이다! 그가 이곳에 있음을 절대 외부에 알리지 말고, 그를 대함에 있어 결코 소홀하지 말도록!"

"예!"

우렁찬 목소리가 모두 페르노크에게 향했다.

루트밀라는 페르노크를 확실한 자신의 사람으로 인식한 듯했다.

살라반이 그 모습을 흐뭇하게 바라보며 다가왔다.

"그러고 보니 페르노크 길드장님은 따로 스승을 두셨습니까?"

"아뇨. 용병 일을 하면서 마법을 갈고닦았습니다."

루트밀라가 기다렸다는 듯 말했다.

"좋은 센스를 타고났지만, 이 위로 올라가려면 가장 필요한 한 가지를 배워야 하네."

"무엇을 말입니까?"

"마력 장악이라고 들어 봤나."

루인과 주야장천 수련했다.

하지만 스승을 두지 않은 사람이 마력 장악을 알면 괜히 이상한 의심만 만들 것 같아서 페르노크가 고개를 저었다.

"내 제자가 되면 마력 장악을 알려 주지."

인재 욕심을 대놓고 드러낸다는 말이 사실인가 보다.

"통행증을 달라는 이유가 그것 때문 아니었나? 내 제자가 되고 싶은 거지?"

"아직은 할 일이 많아 누군가에게 배움을 청하기 어렵습니다."

"이 사람, 한두 번 보고 말 사이가 아닌데 뭘 그리 망설여. 아까 대련하면서 느꼈지만 자넨 한 달 정도만 내 곁에 붙어 있어도 충분히 마력 장악을 터득할 걸세."

"당분간은 형님도 연구소 때문에 길길이 날뛸 테니, 페르노크 길드장이 여기서 훈련받는 건 어떻습니까?"

살라반까지 거들자 페르노크가 어색하게 웃었다.

"말씀만 감사히 받겠습니다. 지금은 해야 할 일들이 많지 않습니까."

"청소부가 뭐 그리 재밌다고 일을 재촉해?"

"계약을 맺었으니 값은 제대로 치러야지요."

"그럼 다음 의뢰가 떨어지기 전까지만 나와 함께하세. 안 그래도 대련할 만한 사람이 없어서 무료했는데, 자네가 함께한다면 재밌을 것 같군. 이것마저 거절하진 않겠지?"

루트밀라가 눈에 힘을 주며 바라보자 페르노크가 웃으며 고개를 끄덕였다.

"공작님께 결례되지 않도록 최선을 다하겠습니다."

"크하하하! 왕자님, 길드장은 제가 잠시 데리고 있겠습니다."

"편한 대로 하세요. 아, 그리고 길드장님을 위한 연회를 준비했는데, 옷을 좀 갈아입어야겠군요. 공작님, 여벌의 옷이 있습니까?"

"최고급으로 준비하겠습니다."

루트밀라가 집사를 불러 페르노크를 저택 안으로 데려갔다.

* * *

살라반은 루트밀라와 나란히 걸었다.

"페르노크 길드장은 어땠습니까."

"7레벨을 넘어섰습니다."

살라반의 눈이 휘둥그레졌다.

"그럼 마도사란 말입니까?"

루트밀라가 고개를 저었다.

"마도사는 공간을 지배하여 자신의 마법을 새로운 법칙으로 정립해야 합니다. 페르노크 길드장은 개인에게 부과하는 마법과 이를 공간으로 확산시키는 형태의 갈림

길에 서 있는 듯합니다."
"해서, 길드장에게 마력 장악을 전수하려 하셨군요."
"마도사의 벽을 허물 수 있도록 도와줄 생각이었습니다."
"위험한 생각입니다."
루트밀라가 피식 웃었다.
"지략은 왕자님께서 무력은 제가. 각자 나눠 확인하자고 처음에 약속하지 않았습니까."
"시험치고는 마력 운용법까지 세세하게 보여 주시더군요."
"하하, 왕자님은 마법사도 아니신데 그런 눈썰미가 역시 남다르십니다."
"그렇게 마음에 드십니까?"
"제 가슴에 주먹을 꽂은 사람은 참 오랜만입니다."
"언젠간 떠날 사람입니다."
"붙잡을 자신이 없으신가요?"
살라반이 어색한 미소를 지었다.
"쯧쯧, 왕자님답지 않으십니다."
"산맥에서 보여 준 용맹과 이번 일 처리까지. 제 생각 이상으로 깔끔해서 소름이 돋을 지경입니다."
"그토록 대단한 자라면 혼사로 엮어야지요."
"공작님께선 여식을 두지 않으셨잖습니까."
"아까, 길드장을 바라보는 제자들의 눈빛이 안 보이셨

습니까. 하하, 다들 저를 닮아 강자를 좋아합니다."

평소 인재 선발에 깐깐한 루트밀라가 아끼는 제자들과 이어 주려 할 정도로 페르노크를 높게 평가할 줄 몰랐다.

"역시 청소부로 썩히긴 아깝겠죠?"

"그렇기엔 길드장의 방식이 암살자와 유사합니다. 광범위 타격 마법도 가졌다고 들었습니다만, 급소를 치고 들어오는 손이 매섭습니다. 길드장의 말처럼 그런 마법을 가진 사람들은 청소부로 활용해야 효과가 좋습니다. 그는 자신의 특기가 무엇인지 정확히 파악하고 움직이는 섬세한 사람입니다."

"그건 알고 있지만……."

"패를 드러내는 게 마냥 좋진 않습니다. 우선 계약 기간 동안 청소부로 활동시키면서 큼직한 일들을 맡겨 보시죠."

"……그다음은?"

"공로가 쌓이면 명예를 탐하게 됩니다. 스스로 양지에 올라올 사람이니, 그때 다시 계약을 연장하셔서 확실한 왕자님의 사람으로 포섭하십시오. 저도 모든 노력을 아끼지 않겠습니다."

살라반이 고개를 끄덕였다.

"우선, 지금은 길드장의 행적이 절대 노출되지 않도록 사람을 뿌려 그림자를 지우셔야 합니다."

"몇 명 붙여 주시겠습니까."

“은신 마법에 특화된 제자들을 길드장의 심부름꾼으로 보내겠습니다. 그리고 일이 마무리되면 계약 연장을 진행하시더라도 그를 용병으로 남기는 편이 좋습니다.”

“왜죠?”

“르젠에서 마도사 한 명이 사라졌습니다.”

정적 관계라고는 하나 지프는 왕국을 지탱하는 기둥 중 한 명이었다.

나라를 지켜야 하는 군부의 책임자로서 전력이 기울어진 이 상황이 마냥 달갑진 않다.

“그동안 1왕자파와 제대로 붙지 않은 건, 마도사끼리 전면전이 벌어졌을 경우 국가에 큰 손실로 작용하기 때문입니다. 그걸 저쪽도 알고 있지요. 해서, 지프, 그 모자란 놈이 아무리 흥분해도 직접 나서서 왕자님을 치진 않았습니다. 국력을 지키는 게 우선이라고 판단했으니까요.”

“그럼 공작님은 페르노크 길드장이 지프의 빈자리를 채워 줄 사람이라고 판단하셔서 S급 길드 창설을 허락한 겁니까?”

“약간의 기대감은 있었습니다. S급 길드를 허락한 나라가 르젠이니, 결국 페르노크 길드장은 향후에도 르젠의 명을 거역하지 못하리라고요. 하지만 그 때문만은 아닙니다.”

“그럼?”

“다른 왕자들이 시끄럽더군요. 없는 전력이라도 끌어 모으려고 A급 길드들과 전속 계약을 맺는데, 너무 지저분해서 도저히 보고 있기 힘들었습니다.”

루트밀라의 눈이 싸늘해졌다.

“용병을 하나로 통합할 때가 되었습니다. 그리고 그 주인이 저희와 함께하는 페르노크 길드장이라면 더할 나위 없지요.”

“전속 계약을 연장할까요?”

“그 부분은 이제 왕자님께서 맡으셔야 합니다.”

연회장이 가까워져 오자 루트밀라는 다시 웃는 얼굴로 되돌아갔다.

“저는 군부의 수장으로 나라에 또 다른 세력이 생기는 상황을 용납했습니다. 출혈을 감수한 만큼 제대로 페르노크 길드장과 즐길 겁니다. 그 관계를 이어 나가지 못한다면, 저도 왕자님의 평가를 수정할 수밖에 없습니다.”

“…….”

“왕자님, 무릇 왕이란 자기 곁에 있는 사람을 가장 아낄 줄 알아야 합니다. 진심은 통하는 법이니, 패를 아끼지 마십시오.”

“명심하겠습니다.”

루트밀라가 연회장의 문을 열었다.

먼저 옷을 갈아입고 도착한 페르노크가 모두의 관심을 독차지하고 있었다.

2왕자파에서도 가장 핵심 인물들이자, 입이 무겁고 충의가 두터운 자들만 이곳에 존재한다.

그런 자들 속에서도 페르노크만 유독 빛나는 것 같다.

살라반이 주먹을 꽉 움켜쥐었다.

어중간한 시험은 끝났다.

이제 페르노크를 완전한 자신의 사람으로 만들 총력전에 돌입해야 했다.

* * *

르젠 왕국의 4왕자 이솔룬은 낡은 골동품점 앞에 멈췄다.

자드와 조디악이 호위처럼 서서 고개를 끄덕였다.

'이 안에 7레벨 마법사가 있다지.'

이솔룬도 마법사였다.

하지만 골동품점 안에서 어떤 마력도 느껴지지 않았다.

자드와 조디악의 소개가 맞는지 확인하기 위해 이솔룬이 문을 열었다.

딸랑-!

방울 소리에 한 노인이 고개를 돌렸다.

머리를 올백으로 넘기고, 외눈 안경을 낀 정갈한 노신사였다.

"어서 오세요. 무언가 찾으시는 거라도 있으십니까?"

"혹시 네이아란 분이 어디 있는지 알 수 있겠소?"

"네이아? 저 말입니까?"

이솔룬이 목을 가다듬으며 카운터에 다가갔다.

"마법사 네이아, 당신에 대한 소문을 듣고 찾아왔소."

그 순간, 네이아의 온화한 눈동자에 서늘함이 감돌았다.

"누구냐."

"네임드 길드 살리오의 소개로 왔지."

"누구냐고 물었다."

"저는 르젠 왕국의 4왕자 이솔룬이오."

"왕자?"

"그리 놀랄 것 없소. 당신과 좋은 얘기를 나누고 싶은데 잠깐 시간 되겠소?"

"관심 없습니다."

"그럼 다음에 다시 찾아오겠소."

이솔룬은 싫은 기색 하나 없이 미소 지으며 골동품점을 나섰다.

"네이아는 만나 보셨습니까?"

"한두 번의 만남으론 대화도 하기 어렵더군. 계속 찾아올 생각이야."

이솔룬이 단호하게 말하며 자드와 조디악을 이끌었다.

그리고 다음 날부터 이솔룬은 계속 네이아를 찾아왔다.

처음엔 무심한 표정으로 대응하던 네이아도 시간이 차츰 흐르자 짜증 섞인 감정을 내비치기 시작했다.

“그만 오시죠?”

“내 사정이 급해서 물러나지 못함을 양해해 주시오.”

결국, 네이아가 카운터를 나서고 말았다.

“대체 제게 왜 이리 관심을 두시는 겁니까.”

“나는 한 명의 실력자가 절실하오. 그대가 함께해 준다면 무척 든든할 것이오.”

“죄송하지만, 왕자님. 저도 듣는 귀가 있습니다. 르젠에서 가장 강대한 세력은 1, 2왕자파 아닙니까. 백번 양보해 3왕자까지 후계 계승 구도가 그려진다 해도 4왕자님과는 어울리지 않습니다.”

“글쎄요. 승부는 마지막까지 모르는 법이지요.”

“바깥의 저 두 얼간이를 말씀하시는 거라면 전 불가능하다고 말하겠습니다.”

“하하하, A급 길드장들을 깔보는 사람은 네이아, 당신뿐일 것이오.”

이솔룬은 네이아가 점점 마음에 들었다.

마법사 특유의 자신감이 돋보이며 마력의 깊이가 전혀 가늠되지 않는 은거 기인.

자드와 조디악에게 들었을 때만 해도 믿지 못했지만 이젠 확신이 서기 시작한다.

‘마도사가 없는 내겐 7레벨 마법사는 반드시 필요하다.’

그에겐 비장의 한 수가 숨겨져 있었다.

거기에 A급 길드장들과 네이아를 더한다면 후계 구도에 파란을 일으킬 거라 생각했다.

"그대가 바라는 것은 무엇이든 들어주겠소."

"전 명령 받는 것을 지극히 싫어합니다."

"나 이외의 다른 명령은 받지 않아도 좋다고 약속드리지."

"허어……."

"세상이 바뀌고 있소. 아무리 숨긴다고 해도 그대가 내게 보인 것처럼, 더 이상 도망칠 곳 없는 세상이 도래할 것이오. 나는 그 막다른 세상에서 절대 불쌍한 자가 없도록 굽어 살필 것이니, 부디 내게 힘을 보태 주시오!"

이솔룬이 네이아 앞에 무릎 꿇었다.

네이아가 당황한 표정으로 일으키려 했지만 이솔룬은 꿈쩍도 하지 않았다.

'흐음, 열정만 앞선 공상가라…….'

네이아로 변장한 루인은 이솔룬에게서 어떤 왕의 잠재력도 찾아보지 못했다.

'……페르노크 님이 하시는 일에 아주 큰 도움을 줄 수 있겠군.'

혹시나 거위처럼 배를 불리려는데 실패할지도 모를 가능성을 염두에 두고 이솔룬을 살펴봤지만, 딱히 우려할 만한 상황은 없었다.

'어디 보자. 이젠 나를 맹목적으로 신뢰하게 만들면 되나.'

다음 순서를 떠올리며 루인이 밖의 두 사람을 살폈다.

'저놈들은 데려가야 하는데, 이 상태론 짐짝에 불과하단 말이지.'

산맥에 남아 있는 네임드 길드원들은 페르노크가 지시한 훈련장에서 혹독한 수련을 하고 있다.

하지만 자드와 조디악은 이솔룬과 함께 다니며 여유롭게 실력을 썩히는 꼴이 못마땅했다.

'이제부터 들어올 A급 길드란 놈들은 정신머리부터 단단히 고쳐 써야겠어.'

한 명의 실력자도 아쉬운 마당에 어설픈 애송이들을 들일 순 없다.

페르노크에게 다시 소개할 땐, 지금보다 나아진 모습을 보여 줘야 한다.

루인이 눈매를 굳히며 말했다.

"후우, 좋습니다. 그럼 이렇게 하지요. 저 밖의 얼간이들이 제 머리카락 한 올이라도 떨어뜨린다면 왕자님과 함께하겠습니다."

"그게 정말이오?"

"각서라도 써 드릴까요?"

"아, 아니오. 그런데 그런 말은……."

"애송이들! 듣고 있는 거 다 안다! 어서 들어오거라!"

그 말을 기다렸다는 듯이 얼굴이 붉게 달아오른 자드와 굳은 표정의 조디악이 들어왔다.

"내가 틀린 말한 것처럼 보이나?"

자드와 조디악은 아무 말도 못 하고 이솔룬의 눈치를 살폈다.

대단하다고 추켜세우는 것과 자신들이 무시받는 건 엄연히 다른 얘기다.

루인이 그들의 자존심을 제대로 긁어 버렸다.

"네임드는 그쪽 길드장과 내가 동급이라 영입 제안을 고려해 본다고 했었지. 그런데 이쪽은 뭐 하나 믿을 구석이 있어야지."

이솔룬이 고개를 끄덕였다.

자드와 조디악이 참았던 말을 터트렸다.

"영감, 미쳤어? 머리카락 한 올? 우리가 우습게 보여?"

"그 말 후회하지 않을 자신 있나?"

루인이 끌끌 웃어 보였다.

"너희들이 내 머리카락 한 올도 못 떨어뜨리면 어찌할 테냐?"

"원하는 게 있으면 말하쇼!"

"뭐든지 다 해 주지."

"그 말, 참말이렷다?"

"좋아, 우리 길드를 걸지!"

"머리카락? 아예 그 손모가지를 분질러 주마!"

루인이 지팡이를 가져왔다.

"따라오거라. 내 적당한 곳을 물색해 뒀으니, 한 시간이면 충분하렷다?"

"좋아. 단단히 혼날 준비나 해!"

"한 시간? 10분이면 충분해!"

그 순간 짧게 스쳐 지나간 미소를 자드와 조디악, 이솔룬은 전혀 알지 못했다.

* * *

"이곳에서 가볍게 끝내지."

루인이 자리를 잡자 자드와 조디악은 황당한 표정이 되었다.

"수도 한복판에서 제정신이야?"

"가게가 날아가도 우린 책임 안 져."

"실력도 없는 놈들이 큰 소리는."

루인이 비웃으며 손가락을 까딱거리자, 자드와 조디악의 분노가 폭발했다.

"좋게 대우해 주려니까!"

"시건방도 적당히 떨어!"

두 사람의 마력이 공간을 가득 채웠고 루인이 느긋하게 지팡이로 땅을 두드렸다.

"전혀 기본이 안 되어 있어."

"……!"

그 순간, 공간의 마력이 모두 사라졌다.

자드와 조디악의 눈앞에 어느새 지팡이가 세워져 있었다.

"다시."

그때, 두 사람은 이유 모를 오싹함을 느꼈다.

아무리 흥분해도 수도라는 점을 감안해서 마법까진 발동하지 않았었다.

하지만 루인의 눈동자와 마주했을 때, 두 사람은 저도 모르게 모든 마력을 끌어 올려 마법을 발현시켰다.

불꽃이 타오르고 지면이 들썩인 순간, 루인이 고개를 저었다.

따악!

눈 깜빡할 사이 마법이 사라지며 두 사람의 정수리를 루인의 지팡이가 내리쳤다.

머리를 두 손으로 감싸 쥔 두 사람이 경악한 표정으로 루인을 바라보았다.

'쯧쯧쯧, 6레벨이라면서 마력 장악조차 어설프군. 페르노크 님의 한 팔이라도 걷을 수 있을까.'

루인은 상대의 마력에 개입해서 살짝 흩트려 놓은 것뿐이다.

페르노크라면 바로 반응해서 자신의 마력을 꽉 조였겠지만, 두 사람의 마력 조작 능력으론 무슨 일이 벌어졌는지 파악하는 것조차 불가능했다.

"다시."

자드와 조디악의 핏기가 싹 가셨다.

'한 등급 위의 마법사야.'

'롤랑도 우릴 이렇게 다루진 못해.'

두 사람이 힘을 합치면 1레벨의 차이 정도는 극복할 수 있다고 여겼었다.

아니, 애초에 마법이 발현되는 것부터 가로막힌다는 생각 자체를 못 했다.

힘과 힘의 대결에서 밀릴지언정 마법 발동을 막아 버리는 기술은 마도사나 가능하다고 생각했으니까.

'7레벨 수준의 마력이야.'

'테크닉이 마도사급?'

혼란스러운 머릿속에 재차 루인의 목소리가 파고들었다.

"내가 마도사처럼 보이느냐?"

"……!"

"끌끌끌, 네놈들의 마력 조작 능력이 미숙한 것을. 아직도 마력 대결에서 밀린 거라 착각하며 상대의 역량을 오판하는 꼬락서니가 참 가엽고 한심하구나."

자드와 조디악의 얼굴이 붉어졌으나 입을 열지 못했다.

"그나마 기세는 봐 줄 만했는데, 이젠 그마저도 사라졌으니 볼일 없다. 썩 꺼져라."

"잠깐!"

"기다려 주시오!"

자드와 조디악이 루인의 발걸음을 멈춰 세웠다.

그들이 굳은 표정으로 말했다.

"머리카락 한 올이면 분명 함께한다고 하셨습니까."

"그 약속 지키십시오."

힘의 차이를 깨달은 두 사람의 태도가 공손해졌다.

'길들이기 편하겠군.'

역량의 차이를 인정하고 배우려는 태도가 나쁘지 않았다.

A급 길드를 통솔할 만한 자세가 되어 있다고 여기며 루인이 고개를 끄덕였다.

"한 시간 주마."

두 사람이 마력을 전부 터트리며 마법을 발동시켰다.

루인이 지팡이를 흔들자 촛불처럼 일렁이다 꺼졌지만, 두 사람은 필사적으로 물고 늘어졌다.

똑똑.

그때, 뒷문에서 두드리는 소리가 들렸다.

격전 중인 두 사람과 이솔룬은 전혀 듣지 못했다.

하지만 루인은 그 신호를 알아챘다.

그만 놀고 일을 진행하시죠.

리오가 보채자 루인이 입맛을 다셨다.

'이 버르장머리를 좀 더 꺾어 놓고 싶지만, 앞으로 기회가 많이 있겠지.'

한 시간이 다 될 즈음, 루인이 일부러 머리를 털었다.

바닥에 머리카락이 떨어지고 두 사람이 환하게 웃었다.

"머, 머리카락!"

"저거 분명 어르신의 것입니다!"

어느새 루인에 대한 두 사람의 대우는 더 높아져 있었다.

하도 두들겨 맞아 얼굴이 띵띵 불은 두 사람이 아이처럼 좋아하니, 루인은 피식 웃고 말았다.

'머리부터 발끝까지 싹 다 교정시켜 주마.'

이 조잡한 녀석들을 전부 쓸 만하게 바꿔 페르노크에게 바쳐야 한다.

루인이 헛웃음을 터트리며 이솔룬을 돌아보았다.

"허허허. 좋습니다. 약속은 약속이니 저도 함께하지요."

"고맙소, 네이아!"

"하지만 시간을 두고 지켜볼 것입니다. 우선, 1년. 이 안에 적당한 성과를 내지 못한다면 저는 망설이지 않고 네임드로 떠나겠습니다."

"걱정 마시오! 내 능력을 증명하리다!"

루인이 고개를 끄덕이며 주저앉은 두 사람을 내려다보았다.

"너희 둘은 앞으로 내게 마력 다루는 법부터 지도받아야겠구나."

"마력 조작법을 가르쳐 주신다고요?"

자드가 공손해지는 것도 무리는 아니었다.

마법은 타고난 재능의 산물이지만, 마력 조작법은 세대를 거쳐 발전해 왔다.

보다 효율적인 마력 조작법을 가진 마법사는 동급의 마법사를 상대할 때, 압도적인 우위를 가진다.

우수한 마력 조작법은 비전으로 전해지는 경우가 많다.

"왜 싫으냐?"

"아, 아닙니다!"

"감사히 배우겠습니다."

조디악까지 나서서 빠르게 답했다.

그들도 마력 조작법을 알고 있지만, 직접 맞부딪친 루인의 마력 조작 능력이 얼마나 뛰어난지 파악했다.

그걸 배울 수 있다면 잔심부름도 마다하지 않을 생각이었다.

딱 루인이 노린 그대로의 상황이었다.

"앞으로 왕자님으로 부르겠습니다."

"편한 대로 하시오."

"왕자님, 제가 아주 좋은 인재를 소개해 드릴까 하는데 같이 합류해도 되겠습니까?"

"누구를……?"

"제가 소싯적에 용병 일을 했었고, 최근 동료와 회포를 풀었습니다. 그 아들도 만났는데, 머리 굴리는 솜씨가 보통이 아닙니다."

"어느 정도란 말이오?"

"저와 그 친구가 함께하면 네임드도 두렵지 않습니다."

"……!"

"참모의 기질을 타고났습니다."

"어, 얼른 데려오시오! 아니, 내가 마중을 가겠소. 그 친구는 어디 있소!"

"이곳에서 심부름을 시키고 있었는데, 마침 오는군요."

루인의 시선을 따라 모두가 뒷문을 바라보았다.

문이 열리며 중년인으로 변장한 리오가 나타났다.

그는 아무것도 모르겠다는 듯 고개를 갸웃했다.

"가게가 왜 이리 지저분합니까?"

"그럴 일이 있었다. 참, 여기로 와 보거라. 아주 귀한 손님들이 널 보자고 하신다."

"저를요?"

리오가 슬그머니 다가오니, 이솔룬이 다급하게 외쳤다.

"앞으로 잘 부탁드리오!"

"예?"

"나는 이 나라의 4왕자요. 그대가 뛰어난 인재라는 말을 듣고 마음이 앞섰소."

"이게 무슨……."

"흠, 내가 앞으로 이들과 함께하기로 했다. 너도 잔말 말고 따라오거라. 네 능력을 세상에 펼칠 좋은 기회이니."

루인이 운을 떼자, 이솔룬이 기다렸다는 듯 받아서 리오를 설득했다.

날이 저물도록 말이 오간 끝에 리오가 답했다.

"한 가지, 조건이 있습니다."

"말해 보시게."

"제 능력을 보여드리겠습니다. 대신, 그 이후부터 모든 전권을 제게 위임해 주십시오."

"능력을 증명하는데 못할 이유가 있겠나!"

"그럼 앞으로 잘 부탁드리겠습니다."

"나야말로 든든하군. 하하하하하!"

이솔룬의 웃음소리가 가게를 뚫고 나갈 듯했다.

자드와 조디악도 루인이란 든든한 마법사를 얻어서 기쁜 감정을 감추지 않았다.

무력과 지략.

양쪽을 손쉽게 거두자, 루인과 리오도 순조로운 4왕자파 합류에 미소를 머금었다.

* * *

“인사들 나누시죠. 여기는 페르노크 길드장입니다.”

루트밀라에게 제대로 눈도장 찍힌 덕분이었다. 페르노크를 쉽게 놓쳐선 안 될 인재라고 봤는지 예정에 없던 측근들까지 불러 모았다.

“6개월 후에 떠날 몸이지만, 혹시 압니까. 우리들과 뜻이 맞아 오래오래 함께 지낼지?”

살라반이 웃으며 고기를 썰어 먹자, 측근들이 페르노크를 힐끗 보며 식사를 시작했다.

루트밀라는 살라반 옆에서 무언가를 계속 얘기하는 중이었고 측근들은 한 번씩 페르노크에게 잔을 건네며 가벼운 인사를 나눴다.

페르노크는 어느새 그들의 관심을 독차지하고 있었다.

“잠깐, 길드장과 할 얘기가 있습니다.”

살라반이 다가오자 언제 그랬냐는 듯 측근들은 저들끼리 모여 떠들었다.

자유로운 분위기 속에서도 엄격한 통제와 지켜야 할 선이 따로 있는 듯했다.

페르노크는 생각보다 질서 잡힌 파벌의 모습을 눈여겨보며 살라반을 따라갔다.

햇살이 잘 드는 테라스에 두 사람이 마주 보았다.

“저들이 제가 제일 아끼는 사람들입니다.”

“생각보다 더 많군요. 기껏해야 두셋 정도 모여서 식사나 할 줄 알았는데, 아무리 믿을 만한 사람이라 해도 제가 여기 있다는 사실을 굳이 다른 자들에게 보일 필요가 있을까요?”

“네임드가 우리와 함께한다는 사실을 다른 왕족들도 알고 있습니다. 우리 측근들도 궁금해하고 있어서 자리를 마련해 본 겁니다. 너무 걱정 마세요. 다들 입이 무겁습니다. 페르노크 길드장이 이곳에 있다는 것만은 절대 모르게 할 겁니다.”

페르노크도 혹시나 싶어 산맥에 대리로 자신을 모방한 길드원을 남겨 두었다.

만약, 페르노크가 살라반 곁에서 일을 수행한다는 사실이 퍼진다면, 측근에 다른 왕족의 스파이가 숨어 있다는 뜻이므로 그것을 죽이고 보안을 철저히 다지는 계기가 될 수 있다.

“한 번쯤은 네임드를 이곳에 데려오셔야 합니다. 기껏 전속 계약을 맺었는데 산맥에만 틀어박혀 있다면 다들 의아해할 테니까요.”

“전면전이라도 벌어진다면 바로 길드원들을 파견할 수 있습니다.”

“하하하하, 길드장님. 서로의 세력을 갉아먹는 단계에선 함부로 정면충돌을 일으키지 않습니다. 만약, 충돌을 원하는 세력이 있다면 그건 제 아우들이겠죠. 저는 은밀히 다른 정적들의 세력을 깎아 놓고, 정치적으로 몰아세우며, 끝내 무릎 꿇리고 싶은 겁니다."

"되도록 온전한 나라를 가지고 싶으신 겁니까?"

"욕심이 지나치다고 생각되나요?"

"평화로운 방법만 고집해선 원하는 바를 이루지 못합니다."

"적절한 무력은 길드장님께서 해 주고 계시지 않습니까."

"마력섬광포…… 그것만으론 부족하다고 생각합니다. 기왕 흔들어야 한다면 더 확실한 쐐기를 박아야죠."

살라반이 웃으며 두툼한 종이 뭉치를 페르노크에게 내밀었다.

페르노크가 쓱 훑어보곤 놀란 표정을 감춰야만 했다.

대상단의 지원을 받는 3왕자의 핵심 시설 중 하나인 병기고와 관련된 정보였기 때문이다.

"땅굴족을 들어 보셨습니까?"

절망군주가 살았던 시대부터 존재해 왔던 수인족.

당연히 모를 리가 없다.

땅굴족의 무기는 일반적인 대장장이들의 무기보다 월등하다.

그토록 질 좋은 무기를 균등하고 빠르게 완성시킨다.

다른 대장장이들이 10만 대군의 무기를 맞추는 데 수

십 년이 필요하다면, 땅굴족은 고작 일 년 안에 모든 공정을 끝낸다.

심지어 무기의 강도나 섬세함은 유명한 대장장이가 수개월 동안 붙잡고 늘어져야 할 만한 무기의 수준과 비슷하다.

[그 조그만 놈들은 힘도 남달랐습니다. 좋은 병장기를 입고 무식하게 돌격하는데, 웬만한 강자들도 혀를 내둘렀습니다. 거대한 바위가 움직이는 느낌이었죠. 그리고 워낙 땅굴을 잘 파는 바람에 공성도 손쉽게 했습니다.]

절망군주는 땅굴족을 굉장히 인상 깊게 보았다.

'오래전의 전쟁으로 모두 죽었다고 알려진 그 땅굴족이 아직도 살아 있었단 말인가.'

페르노크가 놀람을 애써 수습하며 말했다.

"땅굴족? 처음 들어 봅니다."

수백 년 전의 역사가 소실됐음에도 땅굴족의 이름이 거론된다는 게 특이했다.

"그럴 겁니다. 저도 땅굴족이란 말을 이백 년 전의 역사가 기록된 책에서 한 번 봤을 뿐이니까요."

페르노크는 살짝 실망했다.

혹시, 소실된 기록을 살라반이 가지고 있지 않았나 하는 일말의 기대감이 있었는데, 역시나 기록은 없었다.

'그렇다면 땅굴족은 역사가 소실된 이후에도 명맥을 이어 가며, 그 존재가 틈틈이 발견되었다고 보는 게 맞겠군.'

새로운 연혁이 생기고 난 이후에도 활동할 정도의 땅굴족.

페르노크는 만찬을 앞둔 미식가처럼 흥분되기 시작했다.

"그들은 병장기를 만드는 것에 천부적인 재능을 가지고 있습니다. 그 후예들이 아우 밑에서 지금 병장기를 만들고 있죠."

살라반이 쐐기를 박듯 말했다.

"핵심 시설을 파괴하지 못해도 좋습니다. 땅굴족만이라도 처리할 수 있겠습니까?"

* * *

페르노크가 흥분돼서 떨리려는 몸을 간신히 진정시켰다.

"땅굴족이 대체 얼마만큼의 재능을 타고났기에 시설보다 먼저 처리하시길 원하시는 겁니까?"

"땅굴족은 아이처럼 작은 체구에 갈색 털 귀와 검은 콧방울을 가지고 있습니다. 본래 인외로 치부되었던 그들은 땅굴 속에 집을 짓는다고 하여 땅굴족이라고 불리게 되었죠. 그들은 금속을 찾는데 일가견이 있습니다."

"광산이나 그런 것들 말입니까?"

살라반이 고개를 끄덕였다.

"확실한 돈줄이군요."

"금속 찾는 정도라면 문제라고 얘기하지도 않았을 거예요."

그렇다.

땅굴족에겐 한 가지 특징이 더 있다.

"인간에게 박해받았던 땅굴족은 금속을 찾는 것에서 그치지 않았습니다. 그들은 지하를 타고 광맥이 흐르는 곳에 터를 잡으며 채취한 금속들로 무기를 만들기 시작했죠."

"땅꿀족이 인간을 위협할 만한 전투력을 가지고 있습니까?"

"글쎄요. 강하다는 기록은 있었습니다. 실제로 멸종했다고 알려졌으니, 당시의 사람들은 땅굴족을 위험하다고 여겼겠죠. 하지만 제가 우려하는 건 그들의 전투력 따위가 아닙니다. 무기를 '양산'하는 속도예요."

살라반이 굳은 표정으로 말을 이었다.

"동생의 상단은 해마다 양질의 무기를 내놓습니다. 저는 그들 밑에 솜씨 좋은 대장장이가 있는 줄 알았지요. 하지만 땅굴족이라면 얘기가 달라집니다. 3왕자는 분명 땅굴족을 통해 양질의 무기를 쌓아 두고 있을 겁니다."

"병장기만 가진다고 해서 전쟁에서 승리하진 못합니다."

"하지만 그걸로 다른 나라와 거래를 할 순 있겠죠."

르젠 왕국뿐만이 아니다. 전운을 느낀 국가들도 보급품을 비축하는 시기다.

양질의 병장기를 꾸준히 공급하는 상단이 얼마나 든든하겠는가.

"돈은 사람을 모으는 법이고, 3왕자의 자금력은 저보다 월등합니다. 그 맥을 반드시 잘라야 아우를 이 쟁탈전에서 떨어뜨릴 수 있습니다."

"왕자님께선 땅굴족이 상단에 미치는 영향이 크다고 보십니까?"

"지금 당장은 상단의 다른 사업들이 활개를 치지만, 동생이 왕실에 깊이 뿌리내린다면 본격적으로 땅굴족을 앞세울 겁니다. 가치가 얼마나 오를지 짐작도 안 되는 군요."

"이 정보를 어디서 구하셨습니까?"

"루트밀라 상단의 동향을 주시하다가 얻게 되었습니다. 아마, 형님 측도 이 정보를 알고 있을 겁니다."

"그렇다면 이번 건을 1왕자와 엮어 보는 건 어떻습니까?"

"무슨 말씀이시죠?"

"핵심 자원을 부수는 것 아닙니까. 3왕자의 분노가 심해지다 못해 사방으로 원인을 파헤치려 사람을 퍼트릴 겁니다. 저희의 흔적이 들키지 않은 상태에서 3왕자는 분명 1왕자와 왕자님을 의심하겠죠. 그때, 1왕자를 범인으로 몰고 간다면?"

살라반이 흥미로운 눈빛을 드러냈다.

"형님과 아우가 대립할수록 저에 대한 관심이 멀어질 테니, 길드장님께서 은밀히 움직이는 데 도움이 되겠군요."

"저희 쪽도 타격을 받은 상황으로 만드셔야 더 혼란스럽게 만들 수 있습니다. 연구 시설이나 사업장이 있다면 보여 주기식으로 처분해 놓으시죠. 그래야 혹시나 모를 의심의 눈초리를 피할 수 있으니까요."

살라반이 감탄했다.

"길드장님은 이런 방식으로 산맥을 정복한 겁니까."

"발톱은 가장 중요한 순간에 드러내야 하는 법입니다. 그때까지 은밀한 행동을 요구하니 제 퇴로에 안전 가옥을 여러 개 준비해 주십시오."

땅굴족을 데려가도 의심받지 않을 퇴로를 확보해 둬야 했다.

"흔적이 남을지도 모르니, 사람들은 모두 물려 두시면 더 좋고요."

"어렵지 않습니다. 더 준비할 게 있나요?"

"1왕자의 짓으로 몰고 갈 무언가가 필요한데, 준비해

주실 수 있으신지요."

살라반이 미소 지었다.

"쉽군요."

자신은 땅굴족을 얻고, 왕족들의 싸움은 급격히 심화된다.

다른 왕족들도 느긋하게 지낼 수 없는 폭풍이 몰아칠 때, 4왕자에게 합류한 리오와 루인이 움직일 명분까지 함께 만들어진다.

페르노크는 기꺼워서 웃었다.

"안전 가옥을 준비하는데, 일주일 정도 필요합니다. 이곳에서 잠깐 공작님과 얘기나 나누고 계시죠."

"알겠습니다."

살라반이 권한 와인을 마시며 페르노크가 테라스에 등을 기댔다.

여유로운 한낮의 포근한 기분 탓일까.

살라반이 피식 웃으며 아쉬운 듯 중얼거렸다.

"땅굴족…… 데려올 수만 있으면 좋긴 할 텐데. 그 종족은 고집이 심하다고 했었지……."

맞는 말이다.

땅굴족은 자신이 인정한 종족들과만 거래한다.

3왕자가 얼마나 대단한지 몰라도 땅굴족의 기준을 충족시키지 못할 터.

아마도, 연구소 직원들처럼 인질을 잡히거나 다른 이유

로 혹사당할 상황이 눈앞에 훤하다.

'그 고집쟁이들을 내 편으로 끌어당길 방법이 뭐였더라.'

페르노크가 와인을 홀짝이며 절망군주의 기억을 떠올렸다.

[땅굴족은 쉽게 주인을 인정하지 않습니다. 그런데 그 놈들은 취미가 잘 맞는 사람을 좀 따르더군요. 특히 그걸 좋아하던데…….]

얼굴에 절로 미소가 그려진다.

'그래. 그게 좋겠어.'

절망군주가 땅굴족이 가장 성대했을 시기에 설득했던 수단.

누구도 생각지 못한 그것을 떠올리며 페르노크가 천천히 와인을 내려놓았다.

"저는 이만 가 보겠습니다."

"벌써요?"

"급히 준비할 게 떠올라서 먼저 자리를 비우는 점을 양해해 주십시오."

"음. 알겠습니다. 필요한 게 있으면 바로 말씀하세요."

"예, 왕자님."

복도를 걷는 내내 미소가 걷히지 않았다.

살라반 덕분에 누구에게도 들키지 않고 땅굴족을 이동시킬 퇴로까지 확보했다.

이젠 땅굴족을 수중에 넣는 일만 남았다.

* * *

페르노크에게서 하나의 편지가 도착했다.

[예정 변경이다. 나도 3왕자를 친다.]

리오가 웃으며 편지를 촛불에 태웠다. 그리고 옷매무새를 가다듬으며 방으로 들어갔다.

이솔룬과 자드, 조디악 그리고 변장한 루인이 앉아 있었다.

"어서 오시오, 레이. 우리 세력이 나아갈 방향이라는 게 대체 어떤 것이오?"

레이는 리오의 가명이다.

"우선 세력의 문제점부터 짚어 보겠습니다."

그리고 지금 참모의 역량을 시험받고 있다.

"위로 올라가기엔 저희의 전력이 너무 부족합니다. 네이아 님께서 함께해 주시지만, 아시다시피 저 위의 왕족들은 마도사를 등에 업고 있죠. 자금력과 인재도 뭐 하나 이쪽에서 앞서는 부분이 없습니다. 왕자님께선 이에 대해 어떻게 생각하십니까?”

“다 아는 문제였소.”

“그걸 뒤집을 방법은요?”

“네이아 경을 앞세워 많은 사람들을 끌어들일 생각입니다.”

“왕자님, 저희는 한배를 탔습니다. 제게 키를 맡겨 주신 이상 제가 이 배에 모르는 부분이 있어선 안 됩니다.”

그러니 어서 감춘 패를 드러내라.

“네이아 님을 설득하기 전부터 A급 길드들을 끌어들이지 않으셨습니까. 어떤 무기를 가지고 계시기에 열세인 세력으로 위를 추구하려 하신 거죠?”

“흐음…….”

“말씀하기 곤란하시면 저는 빠지겠습니다.”

리오가 단호하게 나오니, 이솔룬이 큰 결심을 한 것처럼 손뼉을 마주쳤다.

집사가 들어왔다.

“반지를 가져오도록.”

집사가 고개를 숙이고 회의실을 나갔다.

잠시 후, 집사는 작은 상자를 들고 찾아왔다.

이솔룬이 엄지를 깨물어 피를 내서 상자에 묻히자 붉은 선이 사방으로 퍼져 나갔다.

“이것은 내 어머니께서 남긴 유품이오.”

르젠 왕은 세 명의 왕비를 두었고, 이솔룬은 둘째 후궁의 유일한 자식이다.

"어머니의 마법은 아주 특이하셨지. 무려, 자신의 마법을 물건에 옮겨 담을 수 있는 특이 계열이셨으니."

후궁은 7레벨 마법사로 알려져 있다.

"이것은 어머니께서 나와 함께하시는 증표나 다름없소."

열린 상자 속에 붉은빛을 띤 반지가 들어 있었다.

고풍스러워 보이는 장식에 뚜렷한 특징은 없었다.

하지만 루인은 그 반지에 담긴 특별한 마력을 느꼈다.

"이 반지에 내 마력을 불어넣으면 7레벨 마법사가 펼치는 '안티 매직 필드'가 발동되오."

리오의 입매가 씰룩거렸다.

'과연, 생각지도 못한 한 수로군.'

사용법에 따라 3왕자의 목까지 칠 수 있을지도 모른다.

"적아를 구분하지 않는 흉기군요."

"아니. 아군은 이것에 영향을 받지 않소."

"그렇다면……."

"이 앞에서 무력한 건 적뿐이오."

"마법사가 무력해진다면 마도사는 어떻습니까?"

이솔룬이 피식 웃었다.

"마도사들은 절대 왕위 쟁탈전에 직접 힘을 행사하지 못합니다. 그들이 지지하는 왕족이 죽는 순간에도 검을 뽑지 못할 거예요."

"왜 그렇습니까?"

"아무리 썩어도 그들은 국가의 기둥이오. 서로 싸웠다간 함께 죽을 운명인 걸 알 텐데, 다른 세력을 꺾자고 국력이 쇠하는 상황을 용납하리라 보시오?"

"하지만 만약이라는 말이 있지 않습니까."

"하하하, 어떤 순간에도 마도사들은 개입하지 못합니다. 그 수하를 보낼지언정 본인들이 나섰다간 전하께서 힘을 행사하실 테니 우린 마법사들만 걱정합시다."

희망에 가까운 상상인지, 개인의 바람인지 알 수는 없었으나 이솔룬이 열정을 꺼뜨리지 않는다면 그걸로 족하다.

리오가 반지를 유심히 살피며 물었다.

"발동 시간은 언제까지입니까?"

"10분."

"A급 길드들에 이 반지면 충분하겠군요."

"이제 그대의 생각을 말해 주시오. 우린 무엇을 해야 하오?"

리오가 웃으며 말했다.

"저희에게 부족한 것을 다른 왕자님들께 얻죠."

"……?"

"1, 2, 3왕자님들을 제외하면 다들 세력은 비슷합니다. 하지만 저흰 네이아 님을 모신 덕분에 근소한 우위를 차지했습니다. 여기에 반지까지 동원하면 아래쪽을 쓸어버리기엔 어렵지 않습니다."

"대신, 형님들께 집중포화를 받게 될 겁니다."

"약간의 위험은 감수해야겠죠. 그게 싫다면 다른 분들께서 치고 올라오시는 걸 구경하시면 됩니다."

"말이 좀 험하네."

조디악이 무례를 짚고 넘어가려 하자 리오가 혀를 찼다.

"망설이고 주저하다가 폭삭 내려앉는 겁니다. 우리가 왜 모든 면에서 부족한지 진짜 모르고 하는 말입니까?"

"……."

"제 무례에 대한 질책은 얼마든지 받겠습니다. 하지만 이 세력에 가담한 이상 저는 질 싸움을 하고 싶지 않습니다. 지금은 위가 아닌 아래쪽의 세력을 흡수해서 덩치를 불려야 합니다. 적어도 1, 2왕자님들이나 3왕자님과 협상할 여지가 있을 정도로요."

이솔룬이 입술을 질근 깨물며 물었다.

"무슨 말인지 알겠습니다. 하지만 당장 네이아 경을 앞세운다 해도 아우들을 칠 명분이 없지 않습니까."

하마터면 터져 나올 뻔한 웃음을 리오가 간신히 억눌렀다.

'이런 한심하고 나약하고 답답한 종자 같으니.'

이솔룬이 왕이 된다면 사람을 아끼는 참 좋은 군주가 될 것이다.

하지만 왕이 되지 못한 이솔룬은 그저 욕심은 앞서지

만, 겁부터 집어먹는 머저리에 불과하다.

"왕자님, 명분은 거창하게 잡을 필요가 없습니다. 예를 들어, 선대 때 약간의 토지 분쟁이 있었다고 하죠. 그걸 억울하게 넘긴 상태로 시간이 계속 흐릅니다. 그럼 향후에 문제를 지목하지 않아도 상관없는 걸까요?"

"당사자 간의 합의가 있었으니 용납한 사안이지 않습니까."

"하지만 저희는 암묵적인 동의를 하지 않았다고 부정할 수 있죠."

"다시 사건을 들춰도 오래전 일이라 대가를 지불하면 되지 않습니까."

"그 대가를 얻는 과정이 명분입니다. 그리고 그 대가는 상대의 영지로 되돌려 받을 수도 있죠."

"그건……."

"명분은 사소한 것에서 시작됩니다. 내가 빌린 1골드를 되돌려 받기 위해 상대에게 싸움을 걸어 더 큰 것을 차지할 수 있습니다. 왕자님께서 보시기엔 유치할 겁니다. 하지만 그 유치한 싸움을 크게 발전시켜야 상대를 칠 수 있습니다."

리오가 준비한 지도 한 장을 탁자에 펼쳤다.

"6왕자님을 따르는 귀족 중 하나가 왕자님을 따르는 귀족에게 돈을 빌린 채로 몇 년 동안 갚지 않았다고 들었습니다."

이솔룬도 모르는 사실이다.

"그 귀족을 자극해 6왕자님께서 계약하신 A급 길드까지 참전시키죠. 영지전으로 확대되면 아주 좋습니다. 저흰 네이아 님을 앞세워 그들을 찍어 누르면 됩니다."

"……!"

과격한 방식을 예상 못한 듯 이솔룬이 놀라자 리오가 싱긋 웃으며 쐐기를 박았다.

"반지는 6왕자가 가진 패를 보고 난 이후에 꺼내도록 하죠."

"이런 방식은 형님들을 자극할 수 있습니다."

"그러니 주목받기 전에 다 쓸어버려야 합니다."

리오가 각 왕자들의 세력도를 가리켰다.

"저희에게 중요한 건 속도입니다. 거칠게 밀어붙여 얻은 뒤에 안정시키고 세력을 확장시키는 거죠."

"으음……."

"시간은 1, 2왕자의 편입니다."

그 말이 거슬렸기 때문일까.

"자신 있습니까?"

"질 생각이라면 꺼내지도 않았을 작전입니다."

"아우들의 목숨은 살려야 합니다."

"당연하지요. 그 세력들을 온전히 품기 위해선 왕자님들의 목숨이 중요하니까요."

이솔룬은 미끼를 덥석 물고 말았다.

"한 번의 기회를 먼저 주기로 약속했으니, 어디 한번 힘껏 해 보시오. 내 반지도 아끼지 않으리다."

열정이 넘치는 이솔룬에게 과분한 힘이 주어졌다.

이런 부류는 욕망을 부추기면 아주 간단히 선을 넘는다.

"감사합니다. 그럼 시작하시죠."

마침내 페르노크가 구상해 놓은 판이 움직이기 시작한다.

이솔룬처럼 생각지도 못한 보물을 품은 왕족들을 사냥할 생각에 리오는 가슴이 들떠서 치밀어 오르는 웃음을 참지 못했다.

* * *

라모스탈은 르젠 왕국을 주름잡는 거대 상단이다.

무기와 식량은 물론 귀한 보석까지 왕실에 납품할 정도로 영향력이 크다.

상단주는 작위 하나 받지 못했지만 어지간한 귀족도 그 앞에서는 고개를 들지 못한다.

귀한 딸이 왕의 아이를 낳은 뒤로 그 위세는 하늘을 찔렀다.

망나니라 평가받는 3왕자 뤼겐이 왕위 쟁탈 구도에서 힘을 쓸 수 있는 이유 역시 라모스탈의 전폭적인 지원을 받기 때문이다.

금력은 곧 힘이다.

라모스탈의 돈을 받아먹은 관리들은 뤼겐을 지지해야만 했다.

'빈틈이 없다고 했던가.'

상단을 등에 업고 왕위에 오르려는 뤼겐이 다른 왕족들에겐 눈엣가시였다.

실제로 왕족들이 라모스탈을 다그친 적이 있었다.

하지만 어떤 감사 방식을 동원해도 라모스탈에게선 먼지 한 톨 나오지 않았다.

말도 안 되는 상황을 파고들수록 오히려 왕족들이 피해를 입었다.

그 이후로 모두가 라모스탈을 두려워하게 되었다.

르젠 왕국의 경제 한 축을 담당하는 난공불락의 성.

땅굴족에 대한 정보가 있음에도 다른 왕자들이 쉽게 건들지 못하는 이유가 여기에 있었다.

'확실히 1왕자의 연구실보다 까다롭군.'

페르노크가 먼발치에서 광산을 내려다보았다. 관찰안으로 살핀 마법사들의 숫자가 제법 많다.

실력은 평범한 용병 마법사들에 불과했지만, 1왕자의 연구소가 초라해 보일 정도로 체계적인 감시망이 형성되어 있다.

누군가 한 명 다치는 순간 바로 광산 전체에 경계령이

울려 퍼질 정도로 촘촘하고 정밀하다.

'전투 요원만 대략 100명이 넘고, 광부들은 그 배가 넘는다. 엉성하게 땅굴족을 빼돌리려 했다간 그대로 들켜서 전투를 치러야 한다. 이 밤중에 화려한 폭발이 연달아 일어나겠지.'

기껏 준비해 둔 탈출로가 쓸모없어질지도 모른다. 그러나 정면충돌 없인 안을 파고들기 난감한 상황.

곰곰이 생각하던 페르노크가 손가락을 튕겼다.

살라반이 연락책으로 사용하라며 붙여 준 정보원이 그림자 속에서 나타났다.

"부르셨습니까."

"너 이름이……."

"12호라고 불러 주십시오."

"……마법이 뭐라고 했지?"

"그림자 속에 숨어 다닙니다."

"편한 능력이군. 그걸로 저 안에 들어갈 수 있나?"

"불가능합니다. 사방이 대낮처럼 환해서 그림자의 굴곡이 심해집니다. 바로 들킬 겁니다."

페르노크가 고개를 끄덕였다.

"최대한 천천히 들켜. 그리고 경계령이 울려 퍼지면 서쪽으로 달려라."

"이목을 끌라는 말씀이시군요."

"불가능한가?"

"아닙니다. 바로 시행하겠습니다."

12호는 군말 없이 전서용 매를 날렸다.

페르노크가 행동할 테니, 다른 곳에서도 동시에 활동하여 그의 행적이 눈에 띄지 않게 하라는 신호였다. 그리고 12호는 그림자에 숨어 광산으로 접근했다.

위이이이이잉-!

12호가 돌입한 지 1분도 지나지 않았을 무렵, 상념을 깨는 경계령이 울려 퍼졌다. 마법사 다섯이 서쪽으로 뛰기 시작했다.

'그림자와 같이 은밀한 마법을 순식간에 파악하고, 그 수준을 측정하여 정확히 인원을 배분해서 추격한다. 추적에 능한 놈들이 꽤 많군.'

추격자들이 비워 놓은 틈을 새로운 마법사들이 대체한다.

조금의 빈틈도 없는 광산의 경계가 빡빡하게 느껴진다.

굳이 저곳을 공략할 필욘 없다.

페르노크는 광산으로 내려가지 않고 오히려 서쪽으로 향했다.

12호는 그사이 심각한 피해를 입은 듯 다리를 절뚝이며 그림자 속에 숨지도 못했다.

그를 집요하게 노리는 마법사들을 발견한 순간 페르노크가 후방을 점했다.

"알, 류!"

협력자는 충분히 예상했다는 듯 마법사들의 대응은 훌륭했다.

한 명이 12호를 물고 늘어지며, 남은 넷이 오히려 페르노크를 압박했다.

상대가 페르노크만 아니었다면 충분히 제압할 만한 판단력과 전투력이었다.

콰광!

마법을 가볍게 흘려버린 페르노크가 마법사 넷을 두드렸다. 모두 복부를 감싸고 주저앉자, 12호를 추격하던 마법사가 망설이지 않고 등을 돌렸다.

그의 양팔이 크게 부풀어 올랐다. 철근조차 우습게 찌그러뜨릴 강화계열 마법이지만, 페르노크의 손에 붙잡히니 그대로 뒤틀어졌다.

"……!"

비명조차 지르지 않는 것을 보아, 확실한 프로들이다.

그러니 누구도 이들을 의심하지 않을 것이다.

[최면 Lv.4]

대상의 의식을 조종한다.

최대 5명까지 가능하며, 새로운 대상을 조종할 때 이전의 대상자는 암시에서 풀린다.

연구소에서 마법사를 죽이며 얻은 마법이다.

페르노크는 마법사 4명에게 최면을 걸었다. 그리고 남은 한 명은 목을 쳐 죽여 버렸다.

"12호, 움직일 수 있나?"

"예."

"왕자님께 땅굴족은 한 마리도 남기지 않고 죽이겠다고 보고드리도록."

"함께 있겠……."

"그 조잡한 실력으로 왕자님의 계획에 훼방을 놓겠다고?"

12호는 연락책이자 페르노크의 행동을 눈여겨보는 감시자이기도 했다.

하지만 무엇보다 우선시해야 할 건, 페르노크가 임무를 완수하도록 돕는 것이다.

12호는 고개를 꾸벅 숙였다.

"생각이 짧았습니다. 왕자님께 보고드리겠습니다."

페르노크가 고개를 끄덕이자 12호는 다친 몸을 이끌고 숲을 나갔다. 그리고 페르노크는 죽인 마법사의 복장으로 갈아입었다.

"내 이름은?"

"사이크."

"직급은?"

"추격조원."

"조장은 누구지?"

한 명이 몸을 일으켰다.

"최종 보고는 누구에게 전하나?"

"총책임자에게 직접 보고한다."

"그럼 이렇게 전해."

페르노크가 십자검이 새겨진 천 조각을 조장에게 건넸다.

"추격자의 품에서 이 표식이 나왔다고."

1왕자는 뒤처리에 능한 암살단을 보유하고 있다.

왕실에서 암부라 불리는 존재들.

귀족들도 그 존재를 소문으로 들었을 뿐이지만, 살라반은 실체를 알고 있다.

그 증거가 십자검 표식이다.

총책임자가 이 표식을 상부에 보고한다면, 상단의 정보력으로 1왕자를 추측하기란 어렵지 않을 것이다.

"너희는 평소처럼 행동하되. 내가 얼굴에 심각한 부상을 입은 상태라는 것만 기억하도록."

페르노크가 얼굴을 찢어진 천으로 감고서 손뼉을 마주쳤다.

짝!

마법사들이 어깨를 흠칫 떨곤 정신을 차렸다.

하지만 그들의 의식 속엔 페르노크가 설정한 몇 가지 기억이 잠재되어 있다.

조장이 발가벗겨진 채 죽은 조원을 내려다보곤 고개를 끄덕였다.

"침입자는 죽었다. 사이크는 움직일 수 있나?"

"예, 조장."

"광산으로 복귀하는 즉시 사이크를 의료처에 보내라. 나는 이 표식을 보고하겠다."

조장이 선두에서 광산으로 가는 길을 열었다.

* * *

"바로 관리자를 봬야겠다."

그 한마디에 빽빽한 경계가 뚫렸다.

"알, 너는 사이크를 의료처로 데려가라."

"예."

비쩍 마른 사내가 페르노크 옆에 달라붙었다. 그리고 페르노크는 추격조와 떨어져 광산 내부에 입성했다. 달아오른 열기가 피부를 훑었다.

'광산 안에 공방까지 함께 설치했나.'

굴을 뚫고 레일과 수레를 연결해서 영락없이 광산이라고 생각했다. 보고에도 이곳은 광산이라고 명시되어 있었다.

하지만 내부로 들어갈수록 몰아치는 건 후끈한 열기와 철을 두드리는 소리였다.

“가서 철 가져와!”

“물이 부족해!”

“더 깎으란 말 못 들었어!”

길은 두 갈래로 나뉘었다.

하나는 열기가 몰아치는 공방.

다른 하나는 광부들이 내려가는 어둡고 칙칙한 광맥.

‘저 지하로 내려가는 쪽이 진짜 광산이겠군. 저곳에서 광물을 끌어 올리는 건가.’

이곳에서 의미하는 광산은 원재료를 빠르게 끌어 올리는 용도에 지나지 않았다.

갱도가 무너져도 그 위에 세워진 공방은 그대로 유지될 것 같았다.

‘이런 식으로 생산성을 향상시키는군.’

공방엔 대장장이들뿐만 아니라 감시자들도 여럿 포진하고 있었다.

저 살벌한 눈초리를 피해 도망을 꿈꾼다는 건 불가능해 보였다.

“어딜 가는 거야?”

“사이크가 다쳤다.”

“쯧, 추격조라는 놈들이 한심하게.”

페르노크가 비쩍 마른 사내와 손쉽게 감시망을 돌파했다.

의료처라 불린 곳은 꽤 아담한 방이었다.

병자들도 없는 모습을 보건대 이 광산의 요직을 차지한 사람들이 다칠 경우를 대비해서 만든 곳인 듯했다.

"너희가 뭔데 여길 들어와?"

중년 여성이 날카롭게 물었다.

비쩍 마른 사내는 고개를 숙였다.

"죄송합니다. 사이크가 다쳐서 치료를 부탁드립니다."

"여기 말고 밖으로 나가."

"상태가 위급한지라…… 조장께서 지금 관리자께 허락 받고 계실 겁니다."

"쯧, 알았으니까, 나가 봐."

"감사합니다."

비쩍 마른 사내가 의료처를 나갔다.

여성이 한숨을 푸욱 내쉬며 페르노크 앞에 앉았다.

"하다하다 이런 아랫것들까지 돌봐야……."

천을 모두 걷어 낸 여성이 눈을 끔뻑였다.

"……어? 멀쩡한……."

페르노크가 마지막 최면을 걸었다.

최대 5명이란 조건이 충족되자마자 더 이상 최면을 발동할 수 없었다.

아쉬움도 잠시, 탁해진 눈동자의 여성에게 페르노크가 말했다.

"이름과 직급."

여성이 멍한 눈으로 답했다.

"퓨사, 의료원장."

"이곳에서 누굴 치료하지?"

"간부들 그리고 핵심 자원들."

"땅굴족을 아나?"

퓨사가 입을 다물었다.

"체구가 작고 털 귀를 가진 자들을 본 적 있나?"

"있습니다."

페르노크가 씨익 웃었다.

'그래. 세상에 얼마 없는 희소한 종족이다. 그 정도 돈벌이 수단이라면 적어도 다쳐서 죽는 일은 없게 할 거야.'

의료처로 온 보람이 있다.

"이곳에서 진료를 보나?"

"들켜선 안 되기에 찾아갑니다."

"안내해라. 땅굴족을 치료하러 간다."

퓨사가 조용히 일어나 의료도구를 챙겼다.

페르노크가 얼굴에 붕대를 감고 그 뒤를 따랐다.

깊은 곳으로 들어갈 때마다, 강한 마력들이 느껴졌다.

"멈춰라."

5레벨 마법사 둘이 앞을 가로막았다.

"퓨사, 무슨 목적으로 여기 온 거냐."

"진료를 보러 왔다."

"예약이 잡혀 있지 않은데?"

"진료를 봐야 한다."

"……관리자께 여쭤볼 테니 기다리도록."

여기까지 쉽게 온 것만 해도 다행이었다.

페르노크가 마법사들의 앞길을 막았다.

"뭐 하는……."

"너희 정도의 마법사들은 일반적인 감시병은 아니겠지. 관리자에게 직통으로 보고할 정도면 교대 시간도 꽤 길겠어."

순간, 두 마법사는 바로 마력을 끌어 올렸다.

심상치 않은 자를 바로 단죄할 권한까지 가진 모양이었다.

"……?"

하지만 그들의 마력은 페르노크의 마력 장악에 가로막혔다.

비로소 사태를 파악하고 딱딱하게 굳은 두 마법사는 검을 뽑아 들었지만.

서걱.

메마른 소리가 두 마법사의 목을 갈랐다.

양쪽에서 피 분수가 터져 나오지만 퓨사는 눈 하나 깜빡하지 않았다.

페르노크가 두 마법사의 마력과 영력을 흡수하며 무미건조하게 말했다.

"안내해."

* * *

그 뒤로 몇 번의 충돌이 더 있었지만 6레벨급의 마법사조차 없었기에 페르노크는 깔끔히 감시병들을 제거했다.

감시병들 사이에 보고가 오가는 시간이 대략 30분 정도라는 사실을 알았을 때, 페르노크는 열기와 퀴퀴한 냄새가 공존하는 굴에 들어섰다.

"케륵, 케륵."

특이한 기침 소리를 따라 시선을 돌렸다.

입가에 번지는 미소를 참지 못했다.

"케륵, 인간. 할당량, 채웠다."

털이 복슬복슬한 너구리 닮은 인간.

절망군주의 표현이 쏙 들어맞는 땅굴족이 명검을 만들어 쌓아 놓고 있었다.

페르노크는 저 안쪽의 미약한 생명력 몇 개를 더 포착하며 앞으로 나섰다.

"케륵, 인간?"

"난 광산 관계자가 아니다."

페르노크가 천 자락을 풀어 버렸다.

땅굴족은 사태를 파악하지 못한 건지, 멍하니 퓨사와 페르노크를 번갈아 보았다.

"너희에게 동업을 제안하기 위해 찾아왔다."

"케륵, 케륵!"

땅굴족이 당황한 듯 크게 울며 물러설 때, 안에서 자그마한 너구리 다섯이 튀어나왔다.

"아직 성체는 아니군. 혹 자식들인가?"

"케르륵!"

망치를 쥐고 불처럼 노려보는 덩치 큰 너구리에게 페르노크가 손을 뻗어 가로막았다.

"흥분하지 마. 대화를 하러 왔어. 밖의 녀석들은 죽었고, 우리에겐 고작 25분밖에 안 남았다."

"케륵!"

절망군주는 땅굴족이 한번 흥분하면 말을 안 듣는다고 말했었다.

절망군주와 땅굴족이 우호적이었던 시절.

원활한 대화를 진행하기 위해서 절망군주가 항상 이걸 준비했었다.

페르노크가 주머니에서 협상의 가장 중요한 포인트를 꺼냈다.

"잠깐, 호두나 먹을까?"

"케…… 호두?"

찬물이 확 끼얹은 듯했다.

어느새 그들이 페르노크 손에 들린 호두로 시선을 모았다.

페르노크가 호두를 던지자, 그들이 망치를 내려놓고 두 손으로 받았다.

"호두!"

땅굴족이 환하게 웃었다.

보아하니 이곳 관계자들은 땅굴족의 습성을 잘 모르는 듯했다.

하기야, 환상의 종족이라고 알려진 땅굴족이다.

그들이 광물보다 먹을 것에 더 환장한다는 사실을 수백 년 전의 사람이 아니라면 알지도 못할 것이다.

특히, 땅굴족의 호두 사랑은 절망군주도 우연히 알아냈다.

땅굴족은 친해지고 싶은 사람에게 호감의 표시로 호두를 요구하기 때문이다.

"준비한 호두가 많은데, 잠시 대화 좀 나눠 보겠나?"

땅굴족들이 초롱초롱한 눈으로 페르노크 앞에 일자로 모여 앉았다.

2장. 넝쿨째 굴러들어 온 호박

넝쿨째 굴러들어 온 호박

땅굴족에게 호두는 딱딱한 허물을 벗고 속마음을 나누자는 의미가 담겨 있다.

보통의 인간들이 결코 모르는 우호 표시를 페르노크가 드러내자 땅굴족은 모두 귀를 쫑긋 세운다.

"나는 너희와 거래를 하러 찾아왔다."

땅굴족은 이런 종류의 대화가 익숙한 듯, 크게 놀라지 않았다.

"여기에서 어떤 대우를 받고 있는지……."

페르노크는 땅굴족 발목에 묶여 있는 묵직한 추를 힐끗 보았다.

"……말하지 않아도 알 것 같군. 시간 없으니 짧게 제안하지. 너희에게 자유를 주고 호사스러운 생활을 약속하마. 나와 함께 일하자.”

“케륵, 케륵.”

성인 땅굴족이 이마를 찌푸렸다.

“그 인간도 그랬다. 우리한테 많은 도움 준다고 약속했다. 하지만 우리 가뒀다.”

“그 인간은 얼마 안 가 죽게 될 거야.”

“똑같은 인간이다.”

“그 인간에게 호두를 알려 줬나?”

“모른다, 케륵.”

“난 알고 있다. 일단, 한 가지가 벌써 다르군.”

페르노크가 아티펙트를 검의 형태로 바꿔 땅굴족의 족쇄를 끊어 버렸다.

“너희를 구속할 생각이라면 찾아오지도 않았다. 이걸로 벌써 두 가지가 다르군.”

“인간, 그건 뭔가!”

땅굴족은 대화보다 아티펙트에 호기심을 드러냈다.

역시 특별한 광물에 집착하는 종족답다.

“지금은 만들지도 못하고, 만들 수도 없는 세상에 하나뿐인 무기다.”

“마, 만져 봐도 되나.”

“나를 따라오면 허락하지.”

땅굴족의 눈동자가 맑게 빛났다.

“너희에게 내가 아는 기술력을 제공하겠다. 너희는 그

걸 바탕으로 내가 원하는 수준의 무기를 만들어라. 그리고 그 대가는 내 신념을 걸고 약속하건대, 마당에 널린 호두보다 훨씬 찬란하고 아름다울 거야."

"호두…… 호두……케륵!"

"여기서 평생 썩을 텐가? 세상엔 이처럼 놀라운 기술들이 많은데?"

아티펙트를 흔드는 방향에 따라 땅굴족의 눈동자가 움직였다.

"내가 굳이 위험을 무릅써 가며 여기까지 온 이유는 오로지 너희들 때문이다."

페르노크는 딱 하나 기억에 남는 땅굴족의 언어로 단호하게 말했다.

"계약하자."

"……!"

짧은 사이에 믿음이란 단어가 땅굴족에게 틀어박힐 거라곤 생각하지 않는다.

그저 그들의 가슴속에 불신보다 더 큰 기술과 협력이란 말을 새겨 넣는다.

절망군주와 거래했던 땅굴족도 처음엔 인간을 믿지 않았다.

다만, 서로 간의 기술력을 공유하고 발전하는 우호적인 관계를 맺었을 뿐이다.

"케륵, 케륵."

성인 땅굴족이 동요하는 눈빛이었다. 아무리 땅속을 좋아한다지만 자유가 억압된 상태로 평생 썩고 싶진 않을 것이다.

하물며 이 땅굴족에겐 지켜야 할 어린아이도 있었다.

아마도 3왕자 측은 저 어린 땅굴족을 이용해 성인 땅굴족을 혹사시켰을 가능성이 높다.

땅굴족은 이곳을 빠져나가고 싶었다.

믿을 만한 협력자가 필요한 차에 페르노크처럼 호두의 우정과 종족의 언어를 아는 인간이 찾아왔으니 미약한 신뢰감이 형성되었다.

"내 아이들 지켜라. 원하는 거 만들어 준다, 케륵!"

"약속하지."

씨익 웃은 페르노크가 퓨사의 목을 쳐 냈다.

그 자리에 십자검 표식을 남겨 놓고 깜짝 놀라는 땅굴족에게 물었다.

"이곳을 빠져나가는 통로를 혹시 알고 있나?"

"모른다. 사방이 철판이다."

고개를 끄덕인 페르노크가 벽 한 곳을 세게 내리쳤다.

까앙!

손목이 얼얼할 정도로 단단한 철판이 벽 너머에 채워져 있었다.

"이래서 굴을 파지 못했던 거군."

"발톱도 깎였다."

“저 철판만 아니면 이 정도 땅은 갈아 버릴 수 있나?”
“물론, 케륵!”
“좋아, 그럼 저 구석으로 한다.”
페르노크가 어둠이 짙게 내려앉은 자리에 강렬한 일격을 때려 부었다.
콰아아앙—!
갱도가 무너질 것 같은 충격파가 터져 나왔다.
놀라 주저앉은 땅굴족에게 페르노크가 뻥 뚫린 구멍을 가리켰다.
“여길 파서 밖으로 나간다.”
“아스모스!”
땅굴족이 받드는 신이다.
“잡소리 집어치우고, 이제 곧 경비병들이 몰려든다. 최대한 빨리 땅을 파서 이곳을 나가야 해.”
“아, 알겠다.”
그 와중에 호두는 주머니에 집어넣으며 성인 땅굴족이 앞장섰다. 아이들이 뒤따라 구멍을 파고들었다.
페르노크는 마지막으로 들어가 뻥 뚫린 철판 구멍을 어루만졌다.

[접합 Lv.3]
사물을 당겨 하나로 뭉친다.

제이크의 산하 길드원에게서 얻은 마법이다.

레벨이 낮아 감쪽같이 복원되진 않지만, 철판이 뭉쳐 잠시나마 적을 속일 수 있다.

페르노크가 땅굴족을 따라가며, 지나온 자리를 흙으로 덮었다.

접합을 계속해서 사용해 나가니 흙은 돌처럼 단단하게 뭉쳤다.

누구도 이 길이 탈출구라고 의심하지 못할 것이다.

"헉, 헉."

한참을 파 내려갔다. 성인 땅굴족에게서 숨넘어갈 듯한 소리가 들려올 때였다.

"오!"

무언가를 발견한 듯 성인 땅굴족이 힘껏 지면 위를 쑤셨다.

먼저 고개를 내민 그가 기쁨에 외쳤다.

"산이다! 산!"

아이들이 올라가고, 페르노크가 마지막까지 흔적을 감췄다.

주위를 둘러보니 광산이 내려다보이는 산 중턱이었다.

위이이이잉-!

경고음이 울려 퍼지는 광산을 보며 페르노크가 헛웃음을 지었다.

'과연 땅굴족답군.'

기껏해야 광산 근처에서 조심스럽게 도망칠 거라 예상했던 페르노크를 비웃기라도 하듯 땅굴족의 굴 파는 솜씨가 탁월했다.

이 먼 곳까지 땅을 팔 줄은 몰랐다.

“이제 어디로 가야 하나?”

성인 땅굴족이 다가와 물었다.

막상 밖에 나오니 어찌할 줄 몰라 하는 듯했다.

“따로 준비된 곳이 있다. 거기서 잠시 몸을 숨겼다가 안전한 곳으로 대피한다.”

“집…….”

“응?”

“……남은 가족들이 있다.”

“너희 말고 땅굴족이 더 있다고?”

“족장님 있다! 다들 숨어 있다!”

페르노크가 튀어나오려는 미소를 간신히 집어넣었다.

“그들도 내가 보호하겠다. 하지만 일단은 너희들의 발톱이 자랄 때까지 좀 쉬어야 해.”

“맡긴다, 인간.”

“인간이란 말은 듣기 거북하군. 난 페르노크다. 넌?”

“케이르!”

“좋아, 케이르. 움직일 힘은 남아 있겠지?”

“케륵, 케륵!”

“뒤처지지 말고 따라와.”

페르노크가 흔적을 지워 가며 땅굴족은 은밀히 안전 가옥으로 이동시켰다.

* * *

페르노크가 돌아오지도 않았지만 살라반은 계획이 성공했음을 직감했다.

3왕자 뤼겐이 다급하게 살라반을 불러낸 것이다.

화려하게 치장된 방에 살라반이 들어섰다.

"오랜만이다, 살라반."

금발을 길게 늘어뜨린 미청년, 1왕자 자일이 느긋하게 앉아 있었다.

반대편의 뤼겐은 살라반을 보자마자 입매를 뒤틀었다.

"간만이오, 형님."

살라반이 웃으며 중앙에 앉았다.

"다들 잘 지냈나 봐. 혈색이 아주 좋군."

"그럼, 좋지. 너무 행복해서 미칠 지경이야."

뤼겐이 살라반과 자일을 번갈아 보았다.

"누가 내 광산에 축포를 터트려 줬거든."

"광산?"

"이봐, 형님들. 이런 식으로 나올 거야?"

자일과 살라반은 영문을 모르겠다는 듯 술잔만 기울였다.

뤼겐이 이를 갈았다.

"땅굴족 돌려놔. 그럼 넘어가 줄게."

"당최 무슨 말인지……."

"발뺌하지 마, 큰형. 십자검 표식이 뭘 뜻하는지 내가 모를 줄 알아?"

자일은 피식 웃었다.

"아우야, 분명 내게 땅굴족에 관한 정보는 있었다. 하지만 생각해 보거라. 내가 바보도 아니고, 뻔히 흔적을 남겨 가며 너를 건드렸을까?"

"뭐?"

"내가 마음만 먹으면 상단이고 뭐고, 정면에서 쓸어버릴 수 있어. 내 성격 잘 알면서 뭘 그리 수준 낮은 떠보기나 하고 있니. 술맛 떨어지게."

자일이 잔을 내려놓고 살라반을 보았다.

"그리고 너 못지않게 나도 연구실이 타격받았어."

"아, 그런 일도 있으셨습니까?"

"살라반, 아무것도 모른 척할 테냐?"

"공교롭게도 제 사업장에 불이 났습니다."

페르노크가 말한 보여 주기식 불장난이다.

하지만 살라반은 심각한 표정으로 자일과 뤼겐을 노려보았다.

"누굽니까?"

그리고 세 사람은 말없이 서로 노려보았다.

자일이 미간을 찌푸리며 살라반에게 물었다.

"네임드와 계약했다고?"

"소문이 거기까지 퍼졌습니까."

"그놈들 시킨 거냐?"

"계속 뭘 말하는지 모르겠습니다. 이런 식으로 뤼겐의 일을 제게 떠넘길 생각이라면 정보 조사부터 다시 하시죠."

살라반이 피식 웃었다.

"네임드는 산맥에 있습니다."

"몇 명 빼 오는 건 일도 아니겠지."

"짐작으로 넘겨짚는건 형님의 안 좋은 버릇입니다. 아니, 그리고 우리가 이렇게 모여서 정다운 얘기나 나눌 정도의 사이였습니까?"

그러자 자일이 실소를 흘렸고, 뤼겐이 씹어뱉듯 말했다.

"다 필요 없어! 누군지 말해. 그럼 이번 한 번은 조용히 넘어가 줄 테니."

"십자검 표식이 있었으니 형님 아니겠느냐."

"그런 뻔한 짓을 내가 왜 해?"

두 사람이 웃으며 술잔을 기울이자, 뤼겐이 탁자를 주먹으로 내리쳤다.

"누구냐고!"

두 사람이 어깨를 으쓱했다.

"이런, 씹……!"

뤼겐이 발끈해서 소리치려는 순간이었다.

똑똑.

"왕자님, 긴히 드릴 말씀이 있습니다."

심복이 안으로 들어온 것을 본 자일이 손가락을 까딱거리자, 그에게 무언가를 속삭였다.

자일은 태연하게 고개를 끄덕였고, 심복은 밖으로 나갔다.

"지금 여기에 수하를 들……!"

뤼겐이 발끈하려 하자 자일이 손을 들어 가로막았다.

"입 다물어. 광산째로 함몰되고 싶지 않으면."

자일의 마력은 7레벨에 버금갔다.

아주 가벼운 살기를 마력에 실어 보내자 뤼겐이 움찔했다.

"그리고 둘째야."

자일이 살라반에게 눈웃음을 지었다.

"서운한 게 있으면 말로 하지 그랬니."

"또 저만 모르는 얘기가 오간 모양입니다."

"내가 이래서 우리 동생들을 좋아해."

자일이 자리에서 일어났다.

"하나같이 자기 잇속은 잘 챙기거든."

자일의 눈초리가 심상치 않았다. 살라반은 웃음을 참느라 힘들었다.

'길드장의 혜안이 정말 놀랍군.'

페르노크가 광산을 칠 때, 살라반은 루트밀라의 제자들을 시켜 자일의 자금줄 하나를 공격했다.

페르노크의 조언이었다.

덕분에 자일은 화가 날수록 미소 짓는 특유의 버릇을 흘려보냈다.

"내가 마지막으로 조언 하나만 하마."

자일은 살라반을 응시했다.

"너희들이 발버둥 쳐도 나는 장남이다. 이 사실은 변하지 않아."

살라반도 그 이점은 잘 알고 있다.

아무리 왕이 왕자들의 난을 방관한다고 하지만 장자에게 하나라도 더 챙겨 주고 싶은 법이다.

왕위 계승이 귀족들 사이에 나돌던 시절에 왕은 르젠의 또 다른 마도사, 제르모프를 자일에게 붙여 줬다.

거기에 자일은 외교 관계에 뛰어난 능력까지 갖추고 있었으니 루트밀라를 등에 업은 살라반이라도 쉽게 넘어서지 못한다.

"투정은 그쯤 부리고, 셋째 너는 아랫사람부터 단속해라."

"뭐요?"

"넷째가 분수에 맞지 않는 옷을 입어 가더구나. 발밑에 물이 차오르는지는 보고 덤벼야지."

자일이 외투를 걸쳤다.

"이만하면 술값은 치른 것 같으니 이만 가 보마. 다음에 만날 땐, 형제끼리 우애를 다질 수 있으면 하는구나."

자일이 방을 나서자, 살라반도 자리에서 일어났다.

"형님이 본격적으로 나서실 거다. 상단만 믿고 까불다간 함께 쓸려 나갈지도 몰라. 너도 어디에 줄을 서야 할지 확실히 정하거라. 적어도 난 혈육을 아낀다."

뤼겐의 얼굴이 빨갛게 달아올랐다.

살라반이 웃으며 방을 떠나기 무섭게 탁자 부서지는 소리가 크게 울려 퍼졌다.

"씨바아아아알!"

왕족이라기엔 무척이나 거친 3왕자.

망나니처럼 보이는 그에게도 귀족들이 따르는 특별한 점이 하나 있다.

'앞뒤 안 가리고 날뛰는 무모함이 때론 판세를 뒤엎는 용맹으로 바뀌기도 하지.'

뤼겐은 겁을 모른다.

땅굴족을 빼앗긴 뤼겐이 이제부터 무슨 짓을 벌일지 예상하기 어렵다.

'참 돌발적인 놈이긴 한데, 어차피 자일이 알아서 대처할 거야.'

페르노크가 십자검 표식을 그곳에 남겼다.

뤼겐으로선 자일을 더 의심할 수밖에 없다.

'페르노크 길드장, 그 치밀함이 더 탐나게 하는군.'

어떻게 하면 판을 유리하게 이끌어 가는 페르노크의 힘이 자신에게 오도록 할 수 있을까.

'혼처라도 잡아 줘야 하나.'

살라반이 궁리하고 있을 때였다. 그림자가 조심히 따라붙었다.

"왕자님, 길드장님이 임무 성공했습니다."

"알고 있다."

"안전 가옥으로 향한다고 하는데, 사람을 보낼까요?"

"길드장이 필요하다고 말하더냐."

"아닙니다."

살라반이 고개를 끄덕였다.

"하면, 내버려 두거라. 길드장이 알아서 잘 처신할 테니, 넌 행여나 그의 흔적이 남지 않도록 잘 처리해 두고."

"예."

그림자가 떠나가고, 살라반은 기분 좋게 웃었다.

이제는 페르노크의 결정을 우선으로 여길 만큼 그에게 흠뻑 빠져 있었다.

* * *

[땅굴족 확보 완료.]

페르노크의 서신을 받자마자 리오는 헛웃음을 터트렸다.

'이곳보다 훨씬 삼엄한 그 광산을 뚫고 땅굴족만 데려가셨다고?'

말도 안 되는 일이다.

터무니없는 일을 결국 성공시킨 페르노크에게 리오는 혀를 내둘렀다.

지켜보던 루인이 다가와 물었다.

"좋은 소식이 있나 보군요."

"예. 페르노크 님께서 땅굴족을 회유하셨다고 합니다."

"지금 어디에 계시죠?"

"편지를 부치셨으니…… 아마 지금쯤이면 안전 가옥으로 향하고 계시겠죠. 거기서 뭔가를 더 하실 생각이신 듯합니다."

"허허허, 이것 참 혼자서 움직이시는 분보다 일정이 늦어지니 참 부끄럽습니다."

루인이 전장을 응시했다.

리오가 명분을 만들어 6왕자의 파벌 중 하나인 헤릴 백작과의 영지전을 일으켰다.

6왕자는 모든 세력을 끌고 헤릴 백작을 지원했고, 이솔룬은 영지전을 리오에게 일임한 채 전장을 관망 중이었다.

"여기서 승리한다면 이솔룬은 리오에게 아주 흠뻑 빠

질 겁니다.”

“2왕자가 페르노크 님을 지지하는 것처럼 말입니까?”

“그보다 더하겠죠. 이솔룬 주위에는 머리 돌아가는 참모가 하나도 없으니까요.”

리오는 웃음을 참았다.

굳이 이솔룬의 반지를 쓸 필요도 없었다.

루인의 마법만 적절히 활용하면 헤일 백작군은 아주 쉽게 무너뜨릴 수 있다.

“6왕자가 가진 패를 끌어내겠습니다. 그걸 저희가 먼저 확보하고 헤일 백작의 목을 치시죠.”

“죽여도 됩니까?”

“비정한 모습을 보여 줘야 합니다. 그래야 저쪽에 합류한 A급 길드 스리프가 저희에게 완전히 복종할 테니까요.”

루인이 리오의 비정함을 흡족하게 바라보았다.

‘목적 없이 방황하던 때가 엊그제 같은데, 날이 갈수록 성장하고 있어.’

귀족을 상대로 판을 깔던 리오가 이젠 어엿한 전장의 참모로 보인다.

‘산맥의 험난함이 페르노크 님뿐만 아니라 리오도 자극했군.’

절망 속에서 어떻게 살아나갈 것인가.

리오는 그 답을 전력의 확장으로 여겼다.

같은 전쟁이 발발한다면 압도적인 전력으로 깨부수고 말겠다는 집념이 강하게 느껴진다.

"어디까지 힘을 쓸까요?"

은근한 유혹을 담은 물음에 리오는 단호히 말했다.

"상대의 패가 아무리 좋아도 7레벨 수준을 넘기진 말아 주십시오."

"이솔룬의 안티 매직 같은 도구가 나온다면……."

"상관없습니다."

자신감 넘치는 대답에 루인이 웃으며 고개를 끄덕였다.

그리고 리오는 이솔룬을 돌아보았다.

이솔룬이 전장 한복판으로 나아갔고, 맞은편에서 6왕자가 찾아왔다.

두 사람이 마주 보며 외쳤다.

"사사로운 명분에 휩쓸리지 않고."

"대의를 위하여 이 정의가 르젠에 울려 퍼지기를!"

영지전의 시작을 알리는 소리가 양측에 전달되었다.

이솔룬과 6왕자가 각각의 진영에 돌아가자마자 전쟁의 시작을 알리는 나팔이 울려 퍼졌다.

뿌우우우우우우-!

헤일 백작령을 누가 빼앗는지에 대한 전쟁이다.

양측의 수장을 꺾기 전까진 절대 끝나지 않을 승부라고 이미 못 박아 두었다.

서로가 해볼 만하다고 느끼며 진군을 시작했다.

헤일 백작의 병력은 대략 2000.

그중 400을 슬로프 길드가 담당하고, 나머지는 일반 병사들이다.

'마법사 한둘 죽이면 끝나겠군.'

산맥의 사투에 비하면 애들 장난에 지나지 않는다.

리오가 손가락 두 개를 들어 올리자 청기가 걸렸다.

자드와 조디악이 양쪽으로 넓게 퍼져 들어갔고 루인은 정면에서 느긋이 걸었다.

헤일 백작군이 쐐기진 형태로 정면을 돌파하려 했다.

'슬로프의 길드장 베모트가 돌격에 특화된 마법사라고 했었나.'

자드와 조디악은 베모트의 길드가 단단한 방패와 묵직한 창을 함께 갖췄다고 했다.

어지간한 자연계 마법으론 발도 멈추지 못하고 그대로 쓸려 버릴 거라고 당부했다.

'산목과 비슷한 특징이 있군.'

베모트를 중심으로 돌격대에 은은한 마력 광택이 덧씌워졌다.

그것이 돌격대의 마력을 함께 머금어 육체를 강화시키고, 외부의 공격을 튕겨 내는 공수일체의 마법을 자랑했다.

하지만 상대가 좋지 않았다.

"아쉽군."

루인이 지팡이를 땅에 내리찍었다.

"전부 다 살려 가지 못한다는 게."

마력이 지면을 타고 베모트의 막을 씻어 버렸다.

침묵 마법의 한 가지 형태에 불과하지만, 베모트는 이런 식의 마법에 면역이 없는 듯 당황한 표정을 숨기지 못했다.

그들이 눈에 띄게 느려지자 신호를 받은 자드와 조디악이 사방에서 덮쳤다.

쿠그그그궁!

돌격대 주위의 지형이 붕괴되고, 그 위에 불의 비가 떨어져 내렸다.

"모두 쏟아부어!"

자드의 고함이 전장을 가로지르며 수많은 원거리 자연계 마법이 돌격대를 휩쓸었다.

베모트는 방패를 세워 막는 게 고작이었다.

루인이 일대의 마력을 통제하니 조금의 마법도 발동하지 못했다.

하지만 리오는 긴장의 끈을 놓지 않았다.

베모트가 아직 퇴각하지 않았기 때문이다.

'꺼내.'

6왕자에게 숨겨진 패가 무엇일까.

리오는 6왕자 쪽을 유심히 지켜보았다.

"장막을 펼친다!"

그때, 베모트 쪽에서 다급한 소리가 울려 퍼졌다.

리오의 시선이 움직였고, 베모트는 하늘로 무언가를 던졌다.

"성자의 눈물?"

이솔룬의 목소리가 들림과 동시에 하늘에 또 하나의 태양이 떠올랐다.

그 햇빛을 받은 돌격대의 상처가 아물기 시작했다.

"왕자님, 저것을 아십니까?"

이솔룬이 황당하다는 표정으로 답했다.

"성황국의 전대 교황께서 전하께 드린 선물이오. 성황국의 특별한 방식으로 제작된 병에 교황이 직접 따스한 은혜를 담았다고 전해지지."

"왕자님의 반지처럼 말입니까?"

"그렇다고 들었소. 성황국에서 사물에 마법 부여가 가능한 특이형 마법사가 세상에서 가장 드문 치료계 마법을 담았지. 반경 1킬로미터 안의 아군으로 지정된 자들은 어지간한 상처에도 쓰러지지 않을 것이오."

"한데, 국왕께 바친 선물이 왜 6왕자에게 있습니까?"

"예전에 아우가 전하와 사냥을 나간 적이 있는데, 그때 심한 상처를 입었소. 아마도 그때였겠지."

이솔룬이 반지를 꺼내 보였다.

"어차피 저것 또한 마력으로 움직이오. 성자의 눈물은

내가 알아서 처리하리다."

"괜찮습니다."

"……?"

"네이아 님께서 대응하실 겁니다."

그 순간, 세상에 그늘이 드리웠다.

먹구름 하나 없는 하늘에 장막이 생겼다.

기이한 현상에 돌격대가 당황하여 멈춰 섰다.

루인이 웃고 있었다.

'한 번 사용하기에 나쁘지 않은 물건이군.'

공간을 조종하는 마도사에겐 귀여운 물건이다.

저 내리쬐는 태양의 마력에 개입하여 역으로 뒤틀어 버리면 공간 전체에 내리쬐는 빛은 어둠에 물든다.

'이솔룬과 마찬가지야. 마도사가 개입하지 않을 걸 전제로 기물의 힘을 빌리고 있어.'

루인은 마도사급의 역량을 전혀 내지 않았다.

7레벨의 마력만으로도 충분했다.

마력 조작 능력에 탁월한 재능을 보이는 자가 있다면 누구라도 성자의 눈물을 침범할 수 있다.

'소규모 국지전이나 별동대에게 쥐여 주면 딱 좋겠군.'

6왕자는 아둔했다.

성황국은 절대 자국에 위험이 될 물건을 타국에 선물로 줄 국가가 아니다.

백성들을 위해 사용했다면 더할 나위 없었을 보물을 이

딴 곳에 낭비하니 전장의 판도는 절대 뒤바뀌지 않는 것이다.

쿵!

루인이 7레벨의 마력을 전부 풀어 넣었다.

지면에 파고든 조디악의 마법에 간섭하여 대지 붕괴를 가속화시켰다.

하지만 거기서 더한 기술을 선보이진 않았다.

어디까지나 리오가 이솔룬에게 더 깊은 신용을 받기 위한 판이었으니까.

주인공은 리오가 되어야 옳다.

뿌우우우-!

이솔룬 측에서 결정타를 내리꽂으라는 나팔 소리가 울려 퍼졌다.

자드와 조디악은 사방에서 베모트를 압박했고, 지금껏 숨죽여 있던 이솔룬의 본대가 정면으로 치고 나간다.

리오가 펼친 진형 그대로 6왕자 파벌이 쓸려 나갔다.

* * *

루인이 성자의 눈물을 이솔룬에게 가져갔다.

"허어, 상황이 여의찮아 억지로 마력을 끌어 쓰는 바람에 이것을 부수고 말았소."

태양의 표식이 새겨진 병은 새까맣게 변색되어 가고 있

었다.

아쉽지만 이솔룬은 성자의 눈물을 포기했다.

"아니오. 고생하셨소. 덕분에 나는 헤일 백작령을 얻었소."

"그리 생각해 주어 고맙네. 그럼 이 병은 내가 알아서 처분하지."

"그냥 부수면 되지 않소?"

"이대로 깨뜨렸다간 남아 있는 마력이 폭발해서 사람들이 다칠 것이네. 내 힘이 회복되는 대로 조용히 처리하지."

"부탁드리겠소."

루인이 품에 성자의 눈물을 집어넣고 웃으며 사라졌다.

이솔룬은 병사들을 치하하러 향했고, 리오는 베모트와 접촉했다.

"A급 길드 스리프의 길드장, 베모트. 6왕자님과 전속 계약을 맺었다고 들었습니다. 계속 이어 나갈 겁니까?"

"……달리 선택지가 있나?"

"명예를 원하신다면 이 자리에서 목을 베어 드리죠."

"씨발……."

"저희는 당신을 우대합니다. 길드원 모두 포함해 이적을 권유드리죠."

"난 전속 계약을 맺었어."

"왕자님께서 6왕자님을 설득하면 여러분들의 계약도 저희에게 넘어옵니다. 그러니 지금 뭘 해야 하는지 알고 계시겠죠?"

베모트가 눈을 질끈 감으며 고개를 끄덕였다.

6왕자를 설득하는 데 총력을 기울여야 했다.

이대로 입만 닫고 있다간 헤일 백작처럼 목이 '잘려' 죽을 테니까.

베모트가 힘없이 6왕자에게 향했다.

"고생했네."

이솔룬이 리오에게 다가왔다.

"아닙니다. 희생이 생겨 유감입니다."

"하하, 희생 없는 전쟁이 어디 있다던가. 그리고 우린 사상자만 수십 명이야. 사망자가 많지 않은 승리는 참 오랜만이군."

"그리 생각해 주시니 감사할 따름입니다."

이솔룬이 부드러운 미소를 머금었다.

"앞으로도 잘 부탁하겠네."

"맡겨 주십시오."

리오가 고개를 꾸벅 숙이자 이솔룬이 흐뭇하게 웃으며 6왕자에게 향했다.

그리고 루인은 조용히 리오 곁으로 합류했다.

"이걸로 이솔룬은 리오의 뜻대로 좌우될 겁니다."

"루인 님도 옆에서 도와주셔야 합니다."

"하하, 부추길 때 몇 마디 거들어 드리지요."

"그럼 안심하고 저는 다른 일을 함께 진행하겠습니다."

"페르노크 님께서 뭔가를 맡기셨나요?"

"아닙니다. 제가 단독으로 추진하려는 일이 하나 있습니다."

루인이 고개를 갸웃하자, 리오가 웃으며 말했다.

"상단을 하나 만들까 합니다."

"상단을?"

"갈룬 광석 채굴장도 독점하고, 르젠의 비옥한 식량과 여러 병장기들을 다룰까 합니다."

"이름난 거상들의 견제가 만만치 않을 텐데요?"

"상관없습니다. 지금 우리는 이렇게 영지를 얻어 가고 있지 않습니까."

루인이 눈을 동그랗게 뜨며 웃었다.

"하하하, 그것까지 생각하고 명분으로 '영지전'을 벌인 겁니까?"

왕자들이 가진 파벌은 대부분 풍족한 영지를 가지고 있다.

그곳을 이솔룬이 공략하게 함으로써 혼란을 심어 주고, 리오가 뒤에서 상단을 만들어 자리 잡게 한다.

"땅굴족까지 얻었으니, 3왕자까지 판에 들고 흔들어 버리면 그 상단의 빈틈을 제가 노릴 수 있습니다."

전쟁이야말로 돈이 흐르는 광맥이다.

특히 왕자들의 혈투가 심해지는 지금, 그 파벌들이 가진 영지는 새로운 금덩어리를 창출하기 좋은 기회의 땅이다.

"제가 도와줄 일이 있을까요?"

"이솔룬을 더욱 부추겨 주십시오. 다른 왕자들과의 전쟁에 속도를 붙여야, 제가 상단을 만들어 다른 꿍꿍이를 챙긴다는 의심조차 못 하게 만들 수 있습니다."

"치밀한 당신이 그런 실수를 할 리가 있나요. 하지만 다른 왕자들의 꿍꿍이속이 궁금하긴 합니다."

루인이 감춰 놓은 성자의 눈물을 떠올리며 싱긋 웃었다.

"전리품이 꽤 맛있으니까요."

리오가 미소로 화답할 무렵, 이솔룬이 그들을 호출했다.

"아우의 설득이 끝났네! 어서 일을 마무리하세!"

리오와 루인이 표정을 가다듬고 이솔룬에게 다가갔다.

* * *

한편, 페르노크는 안전 가옥에서 떠날 준비를 끝마쳤다.

혹시나 살라반의 그림자들이 붙지 못하도록 가옥에 한 장의 쪽지를 남겨 놓았다.

[3왕자 측의 추격자가 붙었다. 한 달 뒤, 공작가에서 합류함.]

지어낸 말이지만 아무도 의심하지 못한다.

페르노크를 수행했던 12호는 공작가로 돌아갔고, 지금 이곳에는 땅굴족뿐이었으니까.

살라반이 귀환하지 않는 페르노크를 찾으려 안전 가옥을 찾아올 땐, 이 쪽지 한 장만 발견할 것이다.

"남은 땅굴족은 어디 있지?"

케이르가 떠올리는 것만으로도 가슴이 벅찬지 환하게 웃으며 말했다.

"옛 터전!"

옛 터전이라는 곳에 얼마나 많은 땅굴족이 모여 있을까.

상상만 해도 기분이 좋아졌다.

"내 사람을 그곳에 불러도 되겠나?"

"다른 인간?"

"성지가 어디인 줄 모르지만, 앞으로도 너희들만으로 살아가기엔 힘들 거다. 너힐 보호해 줄 수하를 붙여 주지."

케이르가 눈을 가늘게 좁히며 자신감을 드러냈다.

"땅굴족, 은밀하다. 케륵!"

"그렇게 잘 숨어서 3왕자 같이 모자란 놈에게 발각됐나?"

케이르의 어깨가 축 늘어졌다.

* * *

“더 안전한 곳으로 데려다주려는 것뿐이니 너무 경계하지 마.”

페르노크가 슬쩍 호두를 건네자, 케이르가 다시 활짝 웃으며 아이들을 인솔했다.

땅굴족의 옛 터전은 이곳에서 보름 정도 떨어진 어느 산자락 동굴이다.

페르노크는 그곳으로 할람을 불렀다.

남은 땅굴족들까지 긁어모아 마물의 산맥으로 데려가기 위함이었다.

‘한 달쯤이면 왕위 쟁탈전도 활활 타오르겠군.’

이솔룬이 탐욕에 취해서 앞뒤 안 가리고 용병들을 긁어모은다고 리오가 전했다.

기세 좋게 활활 타오른 불꽃은 3왕자라는 거대한 벽과 부딪쳐 쓰러지고 깨진 힘을 페르노크가 취한다.

‘더 좋은 패를 계속 꺼내 보라고.’

이번에 얻은 성자의 눈물도 길드원들 훈련에 아주 큰 도움을 줄 것이다.

왕자들은 얼마나 더 많은 패를 숨기고 있을까.

느긋하게 걷는 이 순간에도 수많은 보물이 몰려드는 것

같아, 페르노크는 땅굴족의 흔적을 지우며 미소 지었다.

* * *

일주일 동안 산자락을 걷던 케이르가 어느 구간에서 갑자기 땅을 파기 시작했다.

"케륵, 케륵!"

"무슨 일이지?"

"족장님!"

페르노크가 보기엔 평범한 모래였다.

"다들 살아 있어!"

케이르는 약에 취한 사람처럼 미친 듯이 땅을 파 내려갔다. 아이들도 옆에서 아버지를 도와주기 시작했다.

페르노크는 주위를 경계하며 그들이 땅을 파는 모습을 물끄러미 지켜보았다.

사흘이 지날 무렵 케이르가 굴 하나를 만들었다.

"케륵!"

따라오라는 듯 손짓하자 페르노크가 굴속으로 몸을 던졌다.

막혀 있을 거라는 생각과 달리 굴속에 수많은 굴이 파여 있었다.

케이르가 아닌 다른 누군가가 파 놓은 굴이었다.

'개미굴 같군.'

나뭇가지처럼 뻗어 나온 굴 중 하나를 케이르가 성큼 내디뎠다.

어느새 몸을 일으켜 걸을 정도로 굴이 넓어졌다.

열매가 맺히는 것처럼 곳곳에 땅굴집이 파여 있었다.

"케륵!"

케이르가 지나간 길들을 모래로 덮었다.

감쪽같이 숨겨져서 노련한 사냥꾼이라 해도 쉬이 굴을 분간하기 어려웠다.

지상으로 올라가려면 또 하나의 굴을 파야 할 것처럼 보였다.

한참을 걷자 거대한 원형의 공간이 드리웠다.

천장에 숭숭 뚫린 구멍으로 달빛이 흘러내리며, 원형의 벽면에 작은 개미집이 파여 있는 특이한 공간이었다.

'곳곳에 인기척이 느껴지는데…….'

땅굴족으로 짐작되는 존재들이 땅 밑에 숨어 있다.

'……이건 뭐지?'

그중에 신경을 건드리는 묘한 것이 섞여 있다.

"이곳이 옛 터전인가?"

"그렇다, 케륵!"

"한데, 이놈은 뭐지?"

"뭘 말하는……."

케이르가 의아한 표정을 짓는 순간.

통로가 들썩였고 페르노크가 아티펙트를 검으로 변환

시켜 후방에 휘둘렀다.

쾅!

땅굴이 흔들릴 정도로 강한 충격이 손목을 타고 울렸다.

케이르와 아이들이 놀라서 주저앉았다.

"크오오오오오!"

페르노크가 포효하는 짐승에게 시선을 돌렸다.

말발굽 같은 다리 두 개로 우뚝 세워진 체구가 거의 4미터에 달했다.

회색 근육이 매끈한 혈선을 자랑하고, 양손엔 쇠몽둥이를 들고 있다.

특이하게도 그 머리엔 두 개의 뿔이 돋아 있었는데, 수염마저 새하얗게 자라 있는 게 산양과 닮았다.

한데, 마물이나 몬스터 특유의 칙칙함을 뿜진 않는다.

"케이르!"

천장의 모래가 살짝 떨어진 자리에서 땅굴족 하나가 빠끔히 고개를 내밀었다.

"족장!"

"도망쳐라!"

"케륵, 케륵!"

케이르가 땅굴족의 언어로 무언가를 다급히 전했다.

돌아가는 상황으로 보건대, 이 근육질의 뿔 짐승은 페르노크를 침입자처럼 여긴 듯했다.

"크아아아아아!"

짐승의 두 팔에 짙은 혈선이 튀어 올랐다. 사력을 다하고 있지만, 페르노크의 검을 밀어내지 못한다.

이 상태로 힘겨루기만 했다간 애꿎은 통로가 무너질 지경이었다.

'족장하고 관련 있는 놈인가. 죽지 않을 만큼만 패 둬야겠군.'

족장에게 나쁜 이미지를 심어 줘서 좋을 게 없다.

하지만 다짜고짜 무기부터 겨눈 짐승을 기분 좋게 용서해 줄 만큼 자비롭지도 않았다.

페르노크가 손목을 돌리자 검이 회전하여 몽둥이를 빨아들이듯 끌어당겼다.

순간 힘이 풀려 버린 짐승이 함께 당겨졌고, 그대로 옆구리를 걷어찼다.

꽈드득!

짐승이 눈을 부릅뜬 상태로 벽에 처박혔다. 페르노크가 발치에 굴러들어 온 몽둥이를 한 손으로 잡아 천장에 던졌다.

족장을 포함한 땅굴족이 우수수 떨어져 내렸다.

무려, 14명이었다.

"페르노크! 좋은 사람! 케륵 케륵!"

케이르가 필사적으로 항변하고 자식들이 페르노크 옆에 딱 달라붙었다.

그러자 족장과 땅굴족들은 눈을 끔뻑였다. 혼란스러워하는 그들에게 페르노크가 주머니에서 호두를 꺼냈다.

"케륵!"

족장과 땅굴족들의 눈이 휘둥그레졌다.

페르노크가 그들과 눈을 맞추며 호두를 펼쳐 보였다.

"좋은 관계를 맺으려고 왔다."

"헉!"

"계속 싸울 텐가?"

케이르가 옆에서 '사냥꾼들 죽여 버렸다!'라고 말을 덧붙여 주자 족장과 땅굴족들이 넙죽 엎드렸다.

"호두! 은인! 케륵!"

땅굴족은 한 번 은혜를 입은 대상에게 좋은 선물을 준다.

심지어 그들의 풍습인 호두 교환까지 알고 있는 페르노크를 특별한 손님으로 모시는 건 당연한 일이다.

"인간족 언어는 능숙한가, 족장?"

"케륵! 다 알고 있다!"

"잠깐 얘기 좀 나눠 볼까."

페르노크가 비틀거리며 힘겹게 일어서는 짐승을 힐끗 보았다.

"너도 따라와."

몬스터가 아닌 지성을 가진 짐승.

잠시나마 겨룬 힘은 5레벨 마법사에 버금간다.

'계속해서 묘한 것들이 나오는군.'

페르노크가 의미심장한 미소를 지으며 족장과 짐승을 데리고 제일 끝 쪽 굴에 들어갔다.

* * *

족장과 짐승을 나란히 앉혀 놓았다.

짐승은 걷어차인 부위가 고통스러운지 계속 몸을 움찔거렸으나, 페르노크가 지그시 바라보자 자세를 바로 했다.

"족장인 루티다, 케륵."

"페르노크다. 만나서 반갑군."

"케이르에게 들었다. 구해 줘서 고맙다, 케륵."

루티가 다시 한번 고개를 숙였다.

"인연이 닿아 구해 줄 수 있었어. 하지만 마냥 좋은 일만 하자고 여기까지 찾아온 건 아니야."

"병장기 들었다, 케륵."

"그냥 받을 생각은 없다. 너희들이 원하는 대가를 지불하지. 대신, 내게 전적으로 협조해."

"이곳엔 불과 망치가 없다, 케륵."

"내가 준비해 놓은 곳이 있어. 너희가 아주 마음에 들어 할 거야."

"은인을 따르라는 건가?"

"인간들 언어로 거래라고 하지."

"케륵. 케륵."

"여기 있으면 계속 안전할 거라고 생각해?"

"당연하다!"

"누구도 못 찾을 거라고?"

"그렇다."

"재는 여길 어떻게 찾아왔는데?"

그러자 루티가 당황하는 눈으로 답했다.

"우리를 도와줬다……."

"나 말고 다른 놈한테 옛 터전을 들켰잖아. 또 다른 놈한테 안 들킬 거라고 확신해?"

"케륵……."

"나를 도와준다면 땅굴족이 숨어 살지 않고 부귀영화를 누리게 해 주마."

"부귀…… 케륵?"

"마당에 호두가 넘친다는 뜻이야."

"케륵!"

루티의 눈망울이 말똥해졌다.

"애초에 내가 너희를 이용해 먹을 생각이라면 이 짐승새끼를 죽이자마자 발에 족쇄를 채우고 끌고 갔겠지. 하지만 난 신사적으로 너희를 대하고 있어. 예전에 땅굴족과 인간이 화합을 이뤘던 것처럼 우린 이번에도 잘해 나갈 수 있을 거야."

"케륵, 케륵."

"인간어로."

"아, 알겠다. 고맙다. 하지만……."

루티가 짐승의 눈치를 살폈다.

"……뾸족도 우리를 도와줘서…… 케륵……."

"뾸족?"

절망군주 시대엔 없던 종족이다.

페르노크가 시선을 돌리자 짐승은 무척 차분하게 말했다.

"오해해서 미안했다."

생긴 것과 다르게 정중함까지 갖췄다.

"나는 위대한 뾸족의 돌격대장 마티다!"

언변도 땅굴족보다 유창했다.

"페르노크다. 그런데 뾸족은 처음 들어 보는군."

"우린 인간의 손길이 닿지 않는 곳에 살고 있다."

"그런 것치곤 사람 말도 제법인데."

"나는 내륙에서 한때, 인간과 지냈었으니까."

"내륙? 그럼 바다를 건너왔다는 건가?"

마티가 눈을 감고 무언가를 고민하더니 이내 결심이 선 듯 천천히 입을 열었다.

"우리의 섬은 바다 저편에 있다. 그곳엔 단단한 광물이 넘쳐흐르고, 나는 그것을 손질해 줄 조력자를 찾고 있었다."

"그게 땅굴족이다?"

"그렇다."

"땅굴족의 소문은 어디서 들었지?"

마티가 몽둥이를 앞에 내려놓았다.

"위대한 뿔족의 영웅께서 땅굴족에게 받은 친우의 상징이다! 땅굴족이 가까워지면 내게 떨림이 전해진다. 나는 이것으로 땅굴족을 찾아 여기까지 왔다."

"그리고 땅굴족을 지켜 줬으니, 너희에게 달라?"

마티가 콧김을 내뿜으며 비장하게 말했다.

"우린 땅굴족이 필요하다."

"왜?"

"비늘족에게 대항할 무기가 있어야 한다."

비늘족은 기억에 있다.

'절망군주가 분명 심부름이나 시키던 놈들이라고 했던 것 같은데.'

온몸이 비늘로 덮여 있고, 바닷속에 집을 짓고 산다.

육지에서도 빠르게 움직이지만, 물속에선 더 강해진다고 알려진 종족이다.

절망군주의 시대에는 바다를 개척할 만한 기술력이 없어서, 비늘족을 직접 다스려 해저 자원을 캐냈다고 들었다.

"비늘족은 많아 봐야 200도 안 되지 않나?"

"우리보다 100배 더 많다."

"2만이나 수를 불렸다고? 그럼 너희가 몇인데?"

"우린 200이 전부다."

수백 년이 지났다.

그렇다곤 해도, 번식 능력이 떨어지는 비늘족이 2만 가까이 늘었다는 건 참 놀라운 일이다.

"위대한 뿔족은 하나가 비늘족 백보다 강하다!"

"그건 육지에서라는 뜻이겠지?"

"……그렇다. 하지만 무기가 낡아서 육지에서조차 밀리기 시작한다."

수백 년이나 오래된 종족이 번식해서 지금까지 명맥을 이어 오고 있다.

그 말은 달리 말해 이곳에서 소실된 역사가 그곳에 존재할지도 모른다는 뜻이다.

'켈트에게 오래된 역사를 가져다주면 내륙에 소실되었던 과거를 찾아낼 수 있어. 그럼 수하들의 미련도 해결할 수 있다.'

그뿐만이 아니다.

'배달부나 하던 놈이 패권을 잡고, 힘센 놈이 궁지에 몰렸다. 보아하니 생존이 아니라 영역 다툼을 하는 것 같은데.'

제국과 왕국의 다툼이 내륙에 머무는 지금.

인간의 손길이 미치지 않는 곳에서 벌어지는 지성을 가진 특별한 종종들 간의 다툼.

'용병 외의 또 다른 세력.'

흥미가 돋는다.

심지어 마티는 그들의 섬에 자원이 풍부해서 비늘족이 노릴 정도라고 하지 않는가.

'이 뿔족은 내 일격을 먹고도 버틸 정도로 가죽과 뼈가 단단하다. 모두 전사라고 한다면 5레벨 마법사에 버금가는 실력을 지녔겠지. 그게 200이라.'

땅굴족이 만든 병장기로 무장한 뿔족을 등에 타고 돌격하는 페르노크의 마법사들.

내륙에서 운송하기 힘든 물품을 해상의 비늘족으로 운반하는 보급과 상거래의 활성화.

"오."

페르노크의 눈동자가 호두를 눈앞에 둔 땅굴족처럼 반짝였다.

"이봐, 마티. 네가 굳이 이렇게 친절히 설명한다는 건, 내게서 땅굴족을 뺏어 가지 못한다고 생각했기 때문이지?"

마티가 굳은 표정으로 고개를 끄덕였다.

"그렇다, 인간. 나는 인간을 힘으로 꺾지 못한다. 하지만 여기서 죽을 수도 없다."

"나도 땅굴족이 필요하다."

"인간이 족장에게 병장기를 만들어 달라고 한 말 들었다. 우리 것도 함께 만들 수 있지 않겠나."

"우리가 제일 급해. 너희가 땅굴족 말고 다른 대장장이를 찾아보지?"

"인간들은 이 무기처럼 크고 위대한 것을 쉽게 만들지 못한다!"

마티도 잘 알고 있다.

땅굴족의 가장 큰 장점은 양질의 병장기를 빠르게 생산한다는 점이다.

'인간과 생활해서 그런지, 인간도 잘 믿지 못하는 것 같고.'

같은 인외이기에 맡길 수 있다는 생각이 뻔해서 노리기 편했다.

"너희의 목적은 비늘족을 몰살시키는 건가?"

"우리는 우리의 섬을 지키고 싶다."

"전쟁은 피하지 않는다. 그러나 정복 또한 싫다?"

"지키기 위한 힘이면 족하다."

"그건 단지 땅굴족의 병장기로 무장한다고 해서 얻을 수 있는 게 아니지. 평화라는 건 서로 동등한 힘이 있을 때나 가능한 것이다. 그리고 평화에는 반드시 대가가 필요한 법이다."

마티가 고심하며 답했다.

"양보해 준다면 우리 섬의 자원을 인간에게만 제공하겠다."

"자원이라……."

페르노크가 팔짱을 끼고 고민하는 표정을 짓자 마티는 안절부절못했다.

실력으로 짓누르자니 자신이 죽을 테고, 거래를 제안하니 페르노크는 응하지 않는다.

이대로면 내륙으로의 여정이 허무하게 막을 내릴 상황이다.

"이렇게 하는 건 어떤가. 내가 비늘족이 너희 섬을 침범할 수 없게 만들어 주지. 또한 뿔족이 향후 비늘족에게 밀리지 않도록 번성하게 해 주마."

마티의 눈이 반짝였다.

"그게 가능한가!"

페르노크가 미끼를 던졌다.

"가능해. 내 가신으로 들어온다면."

마티가 바로 미간을 찌푸렸다.

"위대한 뿔족은 누구 밑에도 들어가지 않는다!"

"서로 협력하자는 거야. 나는 너희 종족을 부흥시키고, 너흰 나를 번창시킨다."

"인간이 강해도 비늘족은 당하지 못한다! 인간의 나약한 배로는 비늘족의 바다도 건널 수 없다!"

"그럼 너는 어떻게 바다를 건넜지?"

"뿔족만의 비밀 통로가 있다. 그걸 이용하면 비늘족에게 들키지 않고 내륙까지 올 수 있다. 하지만 그건 뿔족만 이용할 수 있다."

"내가 그 통로를 이용하지 않고 바다를 무사히 건너 너희 섬에 닿으면 어떻게 할 텐가?"

"지금껏 그 어떤 인간의 배도 우리 섬엔 닿지 못했다. 모두 비늘족의 먹이가 됐다."

마티가 걸려들었다.

"그럼 내기할까? 내가 그 역경을 뚫고 너희 섬에 닿을지? 못할지?"

"불가능해!"

"불가능을 가능케 하면, 너희 일족을 부흥시킨다는 내 말을 믿을 수 있겠나."

"그게 가능한 인간이라면 우리 뿔족은 당연히 힘을 보탠다!"

"그럼 뭘 망설여. 내가 비늘족의 경계를 뚫고 바다를 건널 수 있을지 없을지 확인하면 되잖아."

"인간의 배는 비늘족의 창만 스쳐도 침몰한다!"

"네 말처럼 내가 실패하면 땅굴족은 얌전히 포기하마."

땅굴족을 포기한다는 말에 마티의 눈이 휘둥그레지며, 참기 힘든 미소가 번졌다.

"하지만 내가 성공한다면?"

"인간이 우리를 부흥시켜 줄 사람이라 믿겠다."

"그 자원이 풍족한 섬과 뿔족 모두 내게 의탁하겠다는 거냐?"

"물론이다."

"네게 그럴 권한은 있고?"

"난 족장님의 아들이다! 족장님은 나를 믿는다!"

"좋아. 그럼 내기하자고. 내가 비늘족의 바다를 건너 인간이 닿지 못한 너희 섬에 최초로 닿을 수 있을지."

페르노크가 씨익 웃자 마티 또한 자신감 있게 고개를 끄덕였다.

'바다를 주름잡는 비늘족. 절망군주가 직접 부릴 만큼 성능 하나는 확실하지. 그런 놈들이 사는 곳이라면 그 어떤 배라도 침몰할 거야.'

비늘족은 수상전의 괴물들이다.

배에 구멍을 뚫기만 해도 인간들은 감히 그 해역에 접근조차 불가능하다.

하지만 페르노크는 처음부터 배를 이용할 생각이 없었다.

'굳이 바다를 달릴 필요가 있나.'

마티는 상상이나 했을까.

하늘을 날아다니는 거대한 성이 있다는 걸.

"인간, 실패해도 걱정 마라! 우리가 섬을 지키고 남은 무기를 인간에게 제공하겠다!"

단꿈에 젖은 마티를 페르노크가 사람 좋은 미소로 화답했다.

생각지도 못한 복덩이가 줄줄이 굴러들어 왔다.

3장. 격전

격전

마티가 약속의 증표로 자신의 뿔 하나를 떼어 줬다.

“이 뿔에 걸고 약속한다. 인간이 우리 섬에 도달한다면 나 또한 최선을 다해서 인간을 돕겠다.”

“그 뿔, 부러뜨려도 되는 거야?”

“뿔은 다시 붙는다. 인간이 오지 못한다면, 내가 찾아와 돌려받겠다.”

고통에 식은땀을 흘리면서도 마티는 페르노크를 응시했다.

눈빛에서 굳은 신념이 느껴져 페르노크는 고개를 끄덕이며 뿔을 받아 챙겼다.

그리고 페르노크와 마티를 따르는 땅굴족이 각각 나뉘었다.

장기간 해협에 견딜 수 없는 아이와 늙은 땅굴족은 케이르와 함께 페르노크로.

체력적인 여유가 되는 젊은 땅굴족 다섯은 마티를 따라 섬으로.

대부분의 땅굴족은 족장과 함께 페르노크를 따라가기로 했다.

'남은 땅굴족은 뿔족과 함께 받아 가면 되니, 르젠이 마무리되는 대로 루인을 보내 데려오면 되겠어.'

부유하는 성의 선장으로 루인을 태워 보낸다면, 설령 뿔족이 말을 바꿔도 걱정 없이 일을 마무리 지을 것이다.

"1년 후에 찾아가지."

"기다리마, 인간."

마티는 절대 페르노크가 해협을 건너지 못할 거라고 생각하는 듯 치솟는 입꼬리를 감추지 못했다.

그의 허술함에 미소로 화답한 페르노크가 남겨진 땅굴족을 이끌었다.

"이곳은 너희들이 숨기에 좋지 않아. 더 안전한 곳으로 이동한다."

"어디로 말인가, 케륵?"

"내 수하들이 경계를 서는 곳. 저 키만 큰 뿔족보단 수십 배는 더 안전할 거야."

"오오, 케륵!"

족장 루티의 눈이 반짝거렸다.

"어서 이동하지. 날이 밝기 전엔 이 산을 벗어나야 해."

페르노크를 따라 루티와 케이르 그리고 남은 땅굴족이 줄을 지어 이동했다.

* * *

땅굴족의 옛 터전을 벗어나 지상에 올랐다.

사위가 무척이나 어두운 밤을 건너, 산꼭대기에 오르자 익숙한 자들이 모습을 드러냈다.

긴장하는 땅굴족에게 페르노크가 느긋이 말했다.

"내 수하다."

그리고 할람과 별동대가 나타났다.

"오랜만에 뵙습니다."

"그간 별일 없었나?"

"예. 다들 정상에서 부지런히 수련 중입니다. 필요하시면 언제든지 이곳까지 달려올 준비도 끝냈습니다."

"몇 달 뒤에 4왕자의 배가 크게 부풀어 오를 거다. 황금덩어리들을 가져와야 하니, 적당히 휴식도 취하라 일러."

"알겠습니다. 그런데 저들이 땅굴족이란 종족입니까?"

할람이 신기한 듯 뭉쳐 있는 땅굴족을 바라보았다.

너구리처럼 생겨서 인간의 말을 하는 특별한 종족은 태어나서 처음 보는 듯했다.

할람의 호의를 느꼈음인가, 루티가 다가왔다.

"족장, 루티다. 케륵."

"할람입니다. 제가 안전하게 모시겠습니다."

페르노크는 땅굴족을 왕족처럼 귀하게 모시라고 편지로 전달했었다.

할람의 태도가 마음에 들었는지 루티가 반으로 쪼갠 호두를 건넸다.

"케륵, 케륵."

"하하하…… 감사합니다."

호두를 받아 한입에 털어 넣으니 루티가 흡족한 듯 웃었다.

"선한 인간들이다. 케륵."

"앞으로 너희를 지켜 줄 사람들이니, 필요한 게 있거든 바로 요구하도록 해."

"알겠다. 그런데 왜 다들 낡아빠진 쇳덩이를 걸치고 있는 건가, 케륵."

루티가 별동대의 차림새를 쓱 훑더니 고개를 갸웃했다.

"조금만 부딪쳐도 깨진다."

역시 병장기의 장인이라고 생각하며 페르노크가 말했다.

"쇠와 불을 준비하면 이들의 차림새를 좀 더 좋게 만들어 줄 수 있겠나?"

"물론이다."

"그럼 양질의 철을 준비하도록 하지."

땅굴족은 별동대에게 맡기고 할람을 따로 불렀다.

"산 아래에 다른 길드원들도 데려왔나?"

"아닙니다. 저희들만 은밀히 왔습니다."

"한데, 이상한 기척이 느껴지는 군."

순간 할람이 바짝 긴장하며 마력을 얇게 퍼트렸다.

페르노크가 알려 준 마법사를 감지하는 방법이다. 하지만 아무것도 포착되지 않았다.

산은 고요했고, 풀벌레 소리조차 들리지 않는 적막한 밤이었다.

"6레벨에 근접한 마법사의 감지를 피할 정도면……."

페르노크가 산 전역에 마력을 퍼트렸다.

할람이 있는 이 산에 오를 때부터 끈적거리는 무언가가 느껴졌었다.

처음엔 길드원이라고 생각했지만, 별동대가 모습을 드러내자, 생각이 바뀌었다.

"죄송합니다."

감시가 붙은 걸 눈치채지 못한 할람이 고개를 숙였다.

"네 잘못이 아니다. 이토록 은밀하다면 필시 왕족들이 심어 둔 감시자들이겠지. 아직 네 수준에서 감지하기 어려워."

페르노크가 청소부로 활동하면서 이곳저곳 쑤신 결과, 네임드에게도 감시가 붙기 시작했다.

"이 정도 규모의 감시망과 은신을 구사할 수 있는 세력은 1왕자나 3왕자…… 혹은 둘 다."

페르노크의 마력과 부딪친 탓일까. 끈적거리던 마력이 옅어진다.

감시가 들킨 것을 깨닫고 도주하기 시작했다.

"너흰 이대로 땅굴족을 산맥까지 안전하게 데려가라. 그리고 모든 길드원들에게 산맥 전체가 감시받고 있으니, 모든 흔적을 지워 가며 일을 진행하라 전하고."

"예."

할람이 굳은 표정으로 땅굴족을 데려갔다.

감시자들과 반대되는 방향이어서 그 동선이 들킬 염려는 없었다.

그 사이 페르노크는 모든 숨은 자들을 파악했다.

정확히 다섯.

개개인이 5레벨 이상에 한 명은 6레벨인 기사단급의 전력이다.

할람이 감시당한 걸 모를 정도로 마력을 잘 숨기고 다녔지만, 페르노크에겐 손쉽게 간파당했다.

쿵!

감시자들의 경로를 막았다.

느닷없이 등장한 페르노크를 마주하면서도 야행복인 그들은 당황한 기색이 없다.

'입이 무겁겠군.'

고문이나 최면 같이 인식을 흔드는 마법은 광산에서 다 써 버렸다.

저것들을 사로잡는다고 해서 뭔가를 얻기란 쉽지 않아 보였다.

차림새로 보건대, 단서로 짐작될 어떤 것도 소지하지 않았다.

기껏해야 어디서나 구할 수 있는 단검과 천 쪼가리들 뿐.

"1왕자냐?"

"……."

"그대로 입을 다물어도 좋다. 마침 마법이 더 필요한 참이었으니."

페르노크가 마력강체술을 두르기 무섭게 6레벨 마법사가 신호를 퍼트렸고, 5레벨 마법사들은 사방으로 산개했다.

"한 놈만 살려두지."

페르노크가 가볍게 지면을 박차자 사방에서 장벽이 솟구쳤다.

대지를 다루는 5레벨의 마법이 삽시간에 이곳을 원형의 경기장처럼 가둬 버렸다.

감시자들은 몇 발 떼지도 못하고 갇혔다. 그러자 6레벨 마법사의 눈동자가 흔들렸다.

"왜? 듣던 것처럼 강화계 마법사가 아니라서 실망했나?"

6레벨 마법사가 단검을 앞으로 세웠다.

그 순간 5레벨 마법사들은 벽을 타고 페르노크에게 쏘아졌다.

퇴로가 막히자마자 죽음을 불사하며 어떻게든 상대를

처리하겠다는 필사의 의지.
생사를 초월한 모습에 일말의 타협조차 보이지 않았다.
하여, 페르노크는 아티펙트를 검의 형태로 변환시켜 가볍게 수평으로 그어 버렸다.
서걱!
5레벨 마법사들이 무언가 시도하기도 전에 몸이 반으로 갈렸다.

[신속 Lv.5] [음파 Lv.5] [은신 Lv.5] [식물 조종 Lv.5] [미향 Lv.5]

하나같이 감시에 좋은 마법들뿐이다.
6레벨 마법사도 별반 다를 건 없었다.
스스슷.
페르노크가 무심히 검을 털자 6레벨 마법사는 어둠에 몸이 녹아들었다. 그리고 사방에서 단검이 동시에 날아들었다.
공간을 찢어 버리는 특이한 마법처럼 보였으나, 페르노크의 관찰안이 그 본질을 꿰뚫었다.
까앙!
측면의 검을 막아서자, 6레벨 마법사는 눈을 부릅떴다.
"환영이 눈속임만 못 하는구나."
영혼의 결이 딱 한 곳에서만 느껴졌다.

나머지는 마력으로 만들어 낸 착각에 불과했다.

"그러고 보니 1왕자의 은밀 기동대에 몸을 여러 개로 나누는 특이한 마법사가 있다지?"

페르노크가 손목을 틀자 검이 단검째로 6레벨 마법사의 몸을 빨아들였다.

낙법도 취하지 못하고 지면에 떨어진 몸을 페르노크가 짓밟았다.

"십자검 표식은 내가 아주 유용하게 사용했다."

"까득!"

그가 어금니를 꽉 깨물었다.

그 순간 페르노크가 그의 목을 한 손에 움켜쥐고 들어 올렸다.

녹색의 핏줄이 심장에 향하기 전에 쇄골의 한 부분을 잘라 독을 빼냈다.

페르노크의 관찰안이 그를 무심히 훑었다.

"내 허락 없이 어찌 멋대로 죽으려 하느냐."

뒷목을 내리쳐 가볍게 그를 제압한 페르노크가 어둠을 타고 루트밀라 공작가로 향했다.

* * *

페르노크가 한 달 만에 귀환하자 살라반은 두 팔 벌려 반겼다.

"쪽지는 봤습니다. 그간 고생 많았어요."

"더 빨리 합류하지 못해서 죄송할 따름입니다."

"한데, 그건 뭡니까?"

온몸이 결박당한 6레벨 마법사를 살라반 앞에 내밀었다.

"네임드에 붙은 감시자입니다."

살라반의 눈이 싸늘해졌다.

"누군지 알아냈습니까?"

"환영을 다루는 6레벨 마법사는 흔치 않죠. 일단, 십자검 표식과 관계된 듯한데, 왕자님께 도움이 될까 싶어 끌고 왔습니다."

"최선을 다해 배후를 밝혀 보겠습니다."

살라반이 사람을 시켜 6레벨 마법사를 공작가 안에 들였다.

이곳엔 전장과 고문에 잔뼈 굵은 실력자들이 많다.

원하는 대답을 듣기에 오래 걸리지 않을 것이다.

"형님 측의 감시자라면 상당히 골치 아파지겠군요. 본격적으로 영향력을 행사하려 할 테니, 누구도 쉽게 그 눈에서 벗어나지 못할 겁니다."

"암부일까요?"

살라반이 고개를 끄덕였다.

"아무래도 형님이 청소부를 위험하다고 판단한 모양입니다. 찾아서 죽일 때까지 절대 멈추지 않을 거예요. 하지만 우리도 멈출 수가 없네요."

"무슨 일이 있으십니까?"

"이솔룬이 아우들과 힘을 합치고 있습니다."

페르노크가 치솟으려는 입꼬리를 억누르며 의아한 표정을 지었다.

"설마, 4왕자님이 일을 벌인 겁니까?"

"영지전을 벌이며 아우들의 힘을 하나로 응집시키더군요. 이솔룬의 덩치가 상당해져 갑니다. 게다가 뤼겐도 땅굴족을 빼앗기고 나서 길길이 날뛰고 있어요. 상단의 힘을 외부로 퍼트릴 생각입니다."

"그럼 왕자님께서도 몇 개는 내어 줄 각오를 하셔야 할 겁니다."

"대신, 2개는 더 가져올 생각입니다만, 가능하시겠습니까?"

페르노크가 원하던 말이다.

"얼마든지 뜻대로 사용하십시오."

"저자의 정체를 파악하는 대로 어디부터 노려야 할지 정하겠습니다."

"준비하고 기다리겠습니다."

살라반이 웃으며 말했다.

"오랜 여정에 몸이 고될 텐데, 어서 들어가 쉬세요. 참, 공작님께서 내일 복귀하시는 대로 대련을 청하실 겁니다. 마력 장악을 가르쳐준다고 하셨으니 단단히 준비해서 가세요."

"하하, 명심하겠습니다."

가볍게 목례한 페르노크는 루트밀라가 마련해 준 방에 들어갔다.

살라반과 다른 왕자들의 난이 본격적으로 심화되어 가고 있다.

2왕자에게 중요한 것을 공략당한 1왕자와 3왕자는 노골적으로 칼을 들이댄다.

이솔룬은 의도대로 다른 왕자들의 힘을 갈취하고 있으니, 르젠의 왕위 구도가 점차 선명해져 간다.

페르노크가 품에서 쪽지를 꺼냈다.

이곳에 오기 전 은밀히 전달받은 리오의 근황이 적혀 있었다.

[7왕자 또한 굴복시켰습니다. 이솔룬은 이제 멈추지 않습니다. 기세를 부추겨 남은 왕자들을 쓸어버리고, 3왕자에게 경각심을 심어 주겠습니다.]

모든 것이 바쁘게 돌아가는 난국 속에서 페르노크만이 원하는 것들을 움켜쥐고 있었다.

* * *

뤼겐이 술을 벌컥 들이켰다.

'이 개자식들이.'

땅굴족을 빼앗기고 누가 범인인지 특정하지도 못했다.

그런데 이젠 이솔룬이 다른 왕자들까지 규합하여 자신의 위치를 넘보려 한다.

'내가 우스워? 내가 만만해 보여?'

뤼겐이 탁자를 세게 내리쳤다.

"이 썅!"

답답해 미칠 것 같다.

어디로든 이 분노를 터트려 버리고 싶다.

"궁지에 몰려서도 머리는 항상 냉정해야 한다고 이르지 않았더냐."

"누가 멋대로 들어……!"

벌게진 눈으로 입구를 돌아본 뤼겐은 취기가 확 달아났다.

"하, 할아버지."

라모스탈의 상단주 바르사단이 맞은편에 앉았다.

"광산 시설에는 타격이 없으니, 병장기는 다시 만들면 된다. 기껏해야 땅굴족이 빼앗긴 것뿐이야. 그 정도 구멍은 금방 메울 수 있어."

"땅굴족 때문이 아닙니다."

"그럼?"

"땅굴족을 빼앗겼는데도, 아무것도 하지 못하는 자신에게 화가 납니다."

뤼겐이 벌게진 눈동자로 바르사단을 바라보았다.

“누가 일을 벌였건, 그자는 언제든지 다시 저를 노릴 수 있습니다. 하지만 지금의 저에겐 견제할 힘이 없습니다.”

1왕자에겐 왕실 마도사 제르모프가.

2왕자에겐 군부 총사령관 루트밀라가.

르젠의 양대 산맥이 각 왕자를 지지하고 있다.

하지만 뤼겐에겐 그만한 힘이 없다.

상단의 자금력도 결국 피와 살이 튀는 전장에선 무력할 뿐이다.

“그럼 힘을 사들이면 되지.”

“이 나라엔 더 이상 수중에 거둘 인재가 없습니다.”

“해서, 내가 한 분을 모셔 왔다.”

뤼겐이 의아한 표정을 지을 때였다.

“반갑습니다, 뤼겐 왕자님.”

젊은 사내가 뤼겐을 무심히 지켜보고 있었다.

언제 들어왔는지 느끼지도 못했다.

등줄기에 소름이 돋아 저도 모르게 몸을 벌떡 일으켰다.

“앉거라. 귀한 분께 결례이니라.”

“누굽니까. 이런 마력은…….”

마도사급의 마력이다.

“라키스 제국에서 모셨다. 기꺼이 궂은일을 마다하지 않겠다고 말해 주셨지.”

"……!"

놀란 뤼겐에게 바르사단이 싸늘한 목소리로 말했다.

"청소부는 청소부로 잡아야 하지 않겠느냐."

* * *

젊은 남자가 뤼겐에게 미소 지었다.

"라키스 제국의 준남작 녹스라고 합니다. 명망 높은 3 왕자님을 뵙게 되어 영광입니다."

"준남작? 당신 정도의 사람이?"

"저 정도의 사람이 어느 정도입니까?"

녹스가 뤼겐의 반응을 귀엽다는 듯 바라보았다.

모욕적인 태도에도 뤼겐은 분기를 터트리지 못했다.

녹스에게서 흘러나오는 기세가 그만큼 압도적이었기 때문이다.

"마도사인가?"

"마스터께서 부족하다고 하셔서 아직 정식으로 인정받지는 못했습니다."

라키스 제국의 마스터.

성황국의 대신관과 함께 S3에 오른 마도사.

"설마, 크리스 공작을 스승으로 두었는가?"

"미력하나마 가르침을 받았습니다."

뤼겐이 흥분해서 저도 모르게 탁자를 두들겼다.

어떻게 이런 자를 알았는지 해명을 구하는 눈으로 바르사단을 돌아보았다.

"근래 르젠의 왕위 후계 구도가 심상치 않음을 느끼고 녹스 경께서 찾아오셨다. 마도사임에도 기꺼이 청소부를 자청하여, 이 어지러운 후계 구도를 정리해 주겠다고 하셨지."

"그 말이 사실이오?"

녹스가 고개를 끄덕였으나, 완전히 신뢰할 수는 없었다.

"왜 나를 도와주려는 거지? 자일 형님이 더 유력한 왕위 후보일 텐데?"

"하지만 그는 일루미나의 1왕자와 힘을 합쳐 저희를 배척하려는 모습을 보이고 있습니다."

"일루미나의 1왕자에게도 라키스가 있지 않나. 괜한 우려일 텐데?"

"공작님께서는 혹시나 모를 상황도 대비코자 하시는 거지요. 해서, 저를 이곳에 파견하셨습니다. 제 신분은 모든 것이 이뤄진 이후에 복귀될 예정이고요. 청소부로서 이만한 사람이 없지 않겠습니까."

"당신만 한 사람이 이런 잡심부름을 한다고?"

"왕자님께서는 마도사가 대단한 존재로 보이십니까?"

"당연하지. 그 잘난 형님들은 마도사만 없었어도 내 발끝에 못 미쳤어!"

뤼겐이 이를 갈자 녹스가 피식 웃었다.

"라키스 제국은 오직 실력자만이 작위와 영지를 거머쥡니다. 또한 실력에 따라서 영지의 크기가 달라지지요."

라키스 제국의 귀족들은 모두 마도사다.

영지를 가진 자들은 단 13명밖에 존재하지 않고, 작위를 자식에게 세습하지 못한다.

하여, 작위를 걸고 대련하는 일이 빈번하게 발생한다.

그들은 강자존을 숭상하며, 13명의 마도사들은 지금도 굳건히 그 자리를 지키고 있다.

"이곳에서 고레벨로 치부하는 마법사들도 그분들의 심부름꾼에 불과합니다. 그토록 대단한 자리를 거머쥐기 위해선 대련에 필요한 자격을 얻어야 하죠."

"자격?"

"이를테면 성과라는 겁니다."

뤼겐의 눈매가 들썩였다.

"타국에 개입하여 자국에게 유리한 구도로 흘러가게 만드는 이런 상황처럼 말인가?"

"듣던 것보다 더 명석하십니다."

"내가 아무리 급하기로서니, 나라를 갖다 바칠 쓰레기로 보여?"

"천만에요. 저는 그저 각자 원하는 바를 취하기 위해 잠시 손을 잡자는 것뿐입니다."

"나와 손을 잡아서 네가 무엇을 얻지?"

"이곳에서 왕자님을 도와 왕위에 유리한 구도를 만들

어 드린다면, 저도 본국에서 능력을 인정받아 13작위에 도전할 자격이 생깁니다.”

“국가 간의 관계가 아니다?”

“저는 신분을 내려놓고 왔습니다. 그 말이 무슨 뜻이겠습니까?”

“겉으로 드러나서 좋을 게 없다는 거겠지. 하지만 아무리 봐도 그쪽이 밑지는 장사 같은데?”

“그럼 향후에 제게 힘을 실어 주시던지요.”

뤼겐이 녹스를 뚫어져라 쳐다보았다.

“라키스와는 연관되고 싶지 않아. 하지만 너 개인이 바라는 대가가 있다면 수만금을 들여서라도 챙겨 주지.”

“그것이면 충분합니다. 저는 공작님의 과제를 수행하고, 왕자님은 적을 무력화시켜 당당히 왕위를 쟁취하는 것.”

“제르모프와 루트밀라를 상대할 수 있나?”

“마도사끼리의 충돌은 변수가 발생합니다. 그걸 감안해도 제겐 버거운 존재들입니다. 하지만 어차피 그 둘은 절대 움직이지 못하지 않습니까.”

뤼겐이 고개를 끄덕였다.

“생각보다 많이 준비해 왔군.”

녹스가 씨익 웃었다.

“왕자님께서 받으신 그대로 적들의 핵심 시설을 유린하고, 그 사이 왕자님은 많은 귀족의 신뢰를 차지하십시오. 청소부는 그렇게 부려 먹는 겁니다."

밑에서 기세를 불려 오는 이솔룬.

자신을 업신여긴 1, 2왕자.

답답해지는 가슴에 술을 벌컥 들이켠 뤼겐이 콧김을 내뿜으며 말했다.

"땅굴족을 빼낸 청소부부터 죽여."

"누군지 아십니까?"

"모르지. 그걸 찾는 게 당신의 능력이야."

"솔직해서 좋군요. 바르사단 님께 상단의 정보망을 얻었으니, 시일 안에 정리를 끝내겠습니다."

"청소부를 죽인 후에 이솔룬까지 정리해."

"동생을 죽여도 됩니까?"

뤼겐이 이를 악물며 씹어뱉듯 말했다.

"나를 무시한 놈들은 단 한 명도 살려 둬선 안 돼! 모조리 쓸어버리고 위에 선 다음에 베푸는 것이 자비야. 당신도 명심해. 쓸데없는 여유를 부려서 적에게 틈을 보이지 말라고."

"주어진 임무는 확실히 처리합니다. 염려 마시길."

그리고 두 사람이 함께 술을 나누기 시작했다.

바르사단은 조용히 방을 빠져나왔다.

청소부로 상상도 할 수 없는 마도사를 손자에게 안겨주었다.

이젠 그 일이 탄탄대로를 걷도록 자금력으로 지원해 주

기만 하면 된다.

바르사단의 눈이 독해졌다.

각 세력이 날뛰는 지금이 바로 승부처였다.

* * *

승부를 걸어야 할 때를 살라반도 인식하고 있었다.

이솔룬의 세력이 급격히 확장되는 상황에 3왕자마저 묘한 낌새를 보이기 시작한다.

지금 정리해 두지 않으면 흐름에 휩쓸리리라 판단했다.

살라반은 3왕자의 상단부터 집요하게 파고들었다.

"청소부다!"

"동쪽을 막아!"

라모스탈 상단의 주력 사업 중 하나인 곡창지대다. 하지만 이곳엔 또 다른 비밀이 숨겨져 있다.

'여기로군.'

곡창지대 안쪽에 숨겨진 작은 하우스로 들어갔다.

경비들을 한칼에 쓸어버리고 주위를 둘러보았다.

어떤 향도 풍기지 않는 꽃들이 활짝 피어 있었다.

'케드락 플라워.'

흔히, 마약의 재료로 사용되는 꽃이다.

라모스탈은 타국의 귀족과 거래하기 위해 종종 마약을 사용했다.

이에 중독된 자들은 라모스탈과 우호적인 거래를 맺어 왔고, 지금에 이르러선 암시장에 마약이 활개를 치고 있었다.

케드락 플라워는 섬세한 취급이 필요하다.

이곳에 불을 질러 한 번 씨를 말려 놓으면 다시 꽃이 피기까지 수년이 소요된다.

'거래처 장부가 있다면 좋았을 텐데, 그건 역시 상단 본부에 있나.'

페르노크가 불꽃을 터트려 삽시간에 하우스를 새까만 잿더미로 만들었다.

페르노크가 천을 코 위까지 올리며 하우스를 벗어났다.

"쏴라!"

곳곳에서 화살이 빗발쳤다.

단단히 준비한 경계를 쉽게 뛰어넘으며 페르노크는 주위를 둘러보았다.

추수가 얼마 남지 않은 곡물들이 눈에 밟힌다.

'이대로 가면 뭐 하나 얻을 게 없는데…….'

마침, 리오가 상단을 꾸린다는 말이 떠올랐다.

이솔룬은 지금 3명의 왕자를 밑에 두고 비옥한 토지를 얻었다.

리오는 그곳에서 상단을 만들어 식량을 쓸어 담기 시작했다.

라모스탈에도 비축된 식량이 있을 것이다.

하지만 그 식량들은 모두 이미 누군가와 계약이 끝난 상태.

여기서 새로 추수될 식량에 타격을 입힌다면 어떻게 될까.

'……리오가 식량 장사에 파고들기 쉽겠지.'

빈손으로 돌아갈 순 없었다.

상단을 공략한다면 그것이 리오에게 유리한 방향이 되도록 힘을 써야 마땅했다.

화르륵!

페르노크가 퇴로를 열며 곳곳에 불을 뿌렸다.

"물을 가져와!"

"불붙은 것들을 다 잘라 내!"

"놈이 저기 있다! 추격해라!"

고함과 비명이 한데 뒤엉켜 곡창지대는 혼비백산이 되었다.

몇 명의 마법사가 뒤늦게 달라붙어도 페르노크의 발목을 붙잡을 수 없었다.

가볍게 그들을 쓸어버리고 마력과 영력을 흡수하며 곡창지대를 벗어났다.

그림자 속에 몸을 숨기던 12호가 나타났다.

"고생하셨습니다."

"다음 일은?"

"당분간은 휴식, 그리고 이걸 드리라고 하셨습니다."

페르노크가 쪽지를 펼쳐 보았다.

[십주회 소집. 네임드 길드장은 필히 참석할 것.]

페르노크가 고개를 갸웃했다.

이 타이밍에 십주회 소집.

그것도 발령자가 금급 용병인 롤랑이었다.

'나를 콕 집었다고?'

대리자를 보내지 말라는 의지가 강하게 느껴져서 페르노크는 고민했다.

하지만 산맥에서 네임드는 한 번 십주회를 소집했었다.

강한 권위에 모든 A급 길드들이 모였고, 페르노크 또한 그 책임을 짊어져야 할 때가 왔다.

왜 갑자기 롤랑은 평생에 한 번 사용할 수 있는 십주회 소집 권한을 발동한 걸까.

안 그래도 각 왕족들의 경계가 심해지던 참이었다.

페르노크가 쪽지를 태우며 말했다.

"왕자님께 잠시 십주회에 다녀온다고 전해 주거라."

"알겠습니다."

12호가 그림자에 녹아들고, 페르노크는 수도로 향했다.

* * *

용병 협회 본부에 페르노크가 들어섰다.

"십주회 소집을 받고 왔다."

"2층 회의실로 가십시오."

접수처가 2층으로 올라가는 계단을 가리켰다.

페르노크가 2층 회의실 문을 열자 한 명의 A급 길드장이 보였다.

'8왕자와 전속 계약을 맺었다는 A급 길드인가.'

맞은편에 앉으니 그가 불안한 눈빛으로 물었다.

"당신이 네임드의 길드장 페르노크지?"

"……?"

"혹시, 혹시 말이야. 우리랑 손잡을 생각 없어?"

페르노크가 피식 웃었다.

"누구? 8왕자의 지시야?"

"그, 그래. 너희들도 4왕자의 세력이 눈엣가시일 거 아니야. 2왕자의 모든 힘을 다 쏟을 필요도 없어. 네임드만 잠시 손잡아 준다면 4왕자를 찍어 누르는 게 가능해!"

"허허허, 이런 시답잖은 소리나 하려고 십주회를 연 겁니까?"

익숙한 인기척을 따라 페르노크가 고개를 돌렸다.

변장한 루인이 느긋하게 들어와 두 사람 사이에 앉았다.

"8왕자님께서 급하긴 한가 봅니다?"

"네, 네이아! 당신이 왜 여기 있소?"

"다른 A급 길드들은 다 4왕자님 휘하로 들어왔지요. 해서, 전권을 위임받은 제가 여기까지 오게 되었네요."

"이곳은 길드장들만 들어올 수 있다고!"

"그래서 길드를 창설했습니다."

"뭐?"

"지금까지 거둔 A급 길드들을 모두 제가 통합하는 형태로 말이죠."

그의 안색이 창백하게 질렸다.

"다음은 당신들입니다."

그가 몸을 덜덜 떨었고, 페르노크는 피식 웃었다.

루인이 느긋하게 시선을 돌렸다.

"뭐가 웃기죠?"

"아니, 일을 참 잘한다고 생각해서 말이야."

페르노크가 박수를 쳐 줬다.

배를 불려서 먹을 생각만 했지, 곱게 포장할 생각은 안 했었다.

하지만 역시 리오와 루인은 뒤탈 없게 세력을 병합시키는 방법을 잘 안다.

전권을 위임받은 루인이 향후 3왕자와 충돌해서 쓰러지더라도, 결국 길드들의 통솔권은 그에게 있다.

설령, 2왕자가 3왕자를 설득하지 못하더라도, 페르노크가 길드전을 신청해 루인이 품은 길드들을 모두 빼 올 수 있는 것이다.

"최악의 최악까지 생각해 둔 건가?"

"글쎄요."

묘한 미소가 두 사람 사이에 감돌 무렵, 또 하나의 기척이 문을 열었다.

"이것밖에 없나."

십주회의 주최자 롤랑이었다.

'7레벨 마법사.'

'저자도 머지않아 마도사에 오르겠군.'

페르노크와 루인은 오늘 처음 롤랑을 보고 흥미로운 눈빛을 보냈다.

유일하게 왕족들과 전속 계약을 맺지 않았으면서 앞으로의 성장이 기대되는 실력자는 언제나 영입 대상 1순위다.

롤랑이 끈적거리는 시선을 느끼며 루인을 돌아보았다.

"당신은 누구지?"

"네이아요."

"아, 4왕자 밑에서 A급 길드들을 쓸어 담았다는 그 마법사?"

"만나서 반갑구려."

롤랑이 루인을 훑으며 감탄사를 뱉었다.

"소문대로 보통이 아니군."

"종종, 그런 말을 듣곤 하지."

"자유 용병이라고 들었었다. 4왕자와 틀어지면 어때, 나와 같이 일해 보지 않겠나?"

새로운 A급 길드의 기세라도 붙잡아 보려는 걸까.

도발적인 말에 루인이 터져 나오려는 웃음을 참으며 답했다.

“그 실력으로 누굴 밑에 두기엔 시답잖아 보이는군. 차라리 내 밑에서 실력 좀 다듬어 보는 게 어떤가. 걸어 다니는 방법 정도는 가르쳐 줄 수 있다네.”

반쯤 진심 섞인 말에 롤랑의 입매가 뒤틀렸다.

* * *

“상당히 여유가 넘치는군? 언제 침몰할지 모르는 배에 올라탄 주제에.”

루인이 껄껄 웃었다.

“4왕자가 더 높은 곳으로 올라갈 수 없으리라 생각하는가.”

“마도사 한 명 없는 4왕자는 결국 쓰러지고 말겠지.”

롤랑이 페르노크에게 고개를 돌렸다.

“너도 그렇게 생각하지 않나?”

“잡담이나 하자고 모인 건가? 피차 바쁜 몸이니 용건만 간단히 했으면 하는데?”

“성격이 급하군.”

“느긋하게 얼굴 마주할 정도로 친분이 있진 않잖아? 볼 일만 보고 끝내자고.”

피식 웃은 롤랑이 테이블에 턱을 괴며 좌중을 훑었다.

"좋아 본론으로 들어가지. 최근 왕실에서 너희들이 왕족들을 부채질하여 정사를 어지럽힌다는 말이 나돌고 있다. 이 부도덕한 상황을 바로잡기 위해 왕실은 S급 길드 창설 권한을 일임했다."

"누가 뭘?"

"명망 높은 용병이 책임지고 S급 길드를 이끌어 달라더군."

루인이 헛웃음을 터트렸다.

"이 중에서 가장 보잘것없는 네놈이 말이냐?"

"난 너희들처럼 왕위 쟁탈전에 끼어들지 않았으니까."

"가장 공평하시다?"

"적어도 왕실은 그렇게 보더군."

페르노크가 비웃었다.

"이미 이쪽은 전속계약으로 묶였어. 뭘 믿고 통합한다는 거야?"

"그 계약 해지 공고가 곧 각 왕족들에게 떨어질 거다."

"누구 멋대로?"

"전하의 어명이시다."

왕이 개입했다는 말에 페르노크와 루인은 놀란 표정을 감추지 못했다.

'이 시국에 갑자기?'

'왕은 방관주의 아니었나.'

상황이 묘하게 돌아간다.

"아무리 전하라 하셔도 강제적으로 계약을 끊진 못한다."

"맞아. 해서, 공고를 내린다고 하지 않았나. 선택은 자유야."

"왕족과 용병의 판단에 맡기겠다고?"

"실제로 왕자를 잘못 선택해서 불안한 용병들이 꽤 있을 텐데?"

롤랑이 환하게 웃고 있는 8왕자 측 A급 길드장을 힐끗 보았다.

"너희 길드원들도 마찬가지야. 원하지 않는 전쟁에 억지로 이끌려 잘못된 희생이 초래되고 있는 이 현실을 어찌 용납할 수 있단 말인가?"

"그건 네가 관여할 바가 아니지."

"아니, 이번 전속 계약 해지 공고에는 너희들에게 소속된 길드원들의 자유 의지도 반영될 거다."

"길드를 해체시키기라도 하겠다는 거야?"

"길드원들이 다시 주인을 고를 기회를 준다는 거지."

"나라에서 강제로 억압하는 건 아니고?"

롤랑이 웃음을 흘렸다.

"전하께서는 길드에게 선택권을 주는 거야. 굳이, 왕자들과 엮일 필요 없이 새로운 길드로 탄생하여 본연의 임무에 충실하라고."

"그 권한을 네가 가진다?"

"아니면, 이제 막 이름을 떨치는 애송이들이 가져야 할까?"

롤랑이 페르노크와 루인을 번갈아 보았다.

"판단은 너희의 몫이다. 하지만 이후에 벌어질 일은 아무도 장담하지 못해."

"자, 잠깐!"

A급 길드장이 벌떡 일어났다.

"롤랑! 지금이라도 계약 해지가 가능한가?"

"공고가 도착하면 가능하지."

"그럼 나는 자네와 함께하겠네!"

"하하하, 세반스, 너무 성급하게 굴지 마. 문은 활짝 열려 있어. 자넨, 얌전히 왕실의 명을 기다리면 돼."

"알겠네! 고맙네! 고마워!"

세반스가 회의장을 떠났다.

롤랑도 자리에서 일어났다.

"얌전히 있었으면 좋은 제안을 수두룩하게 받았을 것을. 이리된 거, 전속 계약을 모두 끝내고 나와 힘을 합쳐 보지 않겠나? 너희들의 권위는 보장하지."

페르노크가 코웃음쳤다.

"길드전이나 준비하고 있어."

"하하하하! 힘을 합치는 게 좋다는 걸 나중엔 이해하게 될 거야. 그럼 기대하고 있지."

롤랑이 떠나자 페르노크도 루인을 스쳤다.

"단속 잘해."

가벼운 말을 흘리며 페르노크가 협회를 나왔다.

여관에 들어가니 방에서 길드원이 기다리고 있었다.

“흔들리지 말라고 전해 두도록.”

“예, 길드장님.”

길드원이 페르노크의 모습으로 변신하고 옷을 바꿔 입은 뒤에 여관을 나왔다.

페르노크가 창문 너머로 수상하게 움직이는 사람들을 바라보았다.

‘협회에서 나오자마자 미행을 붙였다.’

전속 계약 해지 공고는 살라반과 잘 얘기해서 처리하면 그만이다.

루인 쪽도 지금쯤이면 해볼 만하다는 생각으로 용병들이 규합되어 있을 것이다.

그럼에도 굳이 공고를 내리며, 롤랑이 S급을 차지하려는 이유가 뭘까.

‘왕을 움직인 뭔가가 있다. 그게 롤랑을 시켜 나를 견제하고 있어.’

미행이 길드원에게 따라붙는 걸 확인한 페르노크가 조용히 여관을 빠져나갔다.

‘어느 쪽인지 모르겠지만 이제 다들 승부를 보려 하는군.’

6개월이 다 되어가며 전속 계약 만기일이 다가오고 있다.

이 거대한 분기점에서 살아남는 자들이 양자구도를 확

립할 것이다.

* * *

롤랑은 수도 외곽의 으슥한 집으로 들어갔다.

로브를 눌러쓴 사내가 느긋하게 앉아 있었다.

"어찌 되었나?"

"확실하지 않으나, 페르노크나 네이아, 둘 중 한 명이 3왕자를 뒤흔든 청소부일 겁니다."

"그런가."

사내가 로브를 벗었다.

금발을 흩날리는 1왕자 자일이 맞은편에 앉은 롤랑을 쳐다보았다.

"자네의 의지는 잘 봤네. 평생에 한 번 밖에 못 쓸 십주회 소집 권한을 사용했으니, 나도 그에 대한 보답은 해야겠지."

롤랑은 덤덤히 입을 다물었다.

자일을 만난 건 일주일 전이었다.

그가 조용히 보고 싶다며 사람을 시켜 이곳에 불렀고, 한 가지 제안을 건넸다.

[단 한 번, 내 청소부가 되어라. 그리하면 네가 가장 원하는 힘을 쥐여 주마.]

자일은 다른 왕자들이 모르는 은밀한 힘을 원했고, 롤랑은 그에 걸맞은 사람이었다.

'각 진영을 들쑤신 청소부는 최소 7레벨 이상의 마법사.'

문득, 살라반이 네임드와 계약 맺은 사실이 떠올랐고, 이솔룬도 네이아라는 마법사를 위시하여 세력을 확장하는 상태였다.

급부상한 세력들이 청소부가 아닐까, 의심하여 롤랑을 부추겼다.

그가 십주회를 소집해서 페르노크와 네이아를 끌어낸 뒤에 S급 길드라는 떡고물을 던져 반응을 살핀다.

이후 각각에게 미행을 붙여 수상한 낌새를 보이는 자를 확인한다.

다행히 롤랑은 이 의뢰를 무사히 수행했다.

아직 페르노크와 네이아에게서 뭔가를 얻지 못했지만, 그것도 시간문제라고 판단했다.

"내 약속하지. 청소부의 존재를 파악하고 죽이는 대가로 다른 왕자들의 길드를 그대에게 주겠네. 그리고 창설된 S급 길드는 국가의 간섭을 받지 않을 것이네."

자일이 계약서를 내밀었다.

그 안에 지금 말한 모든 내용이 담겨 있었다.

"하지만 자네도 약속해야 해. 이 일이 끝나면 절대 다른 왕족들에게 붙지 말아야 하고, 귀족과도 연관되어선 안 되네. 또한 내가 하는 일을 방해하거나 정치적으로 엮이게 된다면 나는 이 모든 계약을 백지로 되돌리겠네."

"이 종이 한 장보다 전하의 말씀이 더 가치 있습니다. 그분께서 말을 바꾸시면 전 허탕을 치게 됩니다."

"못 믿는다면 뾰족한 수가 있고?"

"……."

"하하하, 자네도 간과하고 있군. 내가 장자라는 사실을. 아버지는 내가 드린 제안을 절대 거부하지 않을 걸세. S급 길드의 주인이 자네가 된다는 것은 변하지 않아."

"하오나, 왕위 계승엔 관여치 않겠다는 전하의 엄포가 있지 않았습니까."

자일이 실소를 흘렸다.

"그건 아버지께서 귀족들의 힘을 약화시키기 위해 하신 말씀이야. 이 나라는 아직도 귀족의 입김이 막강하거든. 그걸 찢어 버리기 위해서 왕위 쟁탈전이 이용된 거야. 귀족들이 각자 지지하는 왕족을 등에 업고 파벌끼리 서로 싸워 서로 상처 입기를 바란 것이지."

롤랑은 조용히 자일의 말을 경청했다.

"하지만 살라반이 S급 길드 창설 법안을 내민 덕분에 얘기가 달라졌어. 루트밀라가 억누르고 있는데도 귀족들이 불안감을 느끼고 있네. 그럼 그 루트밀라를 꺾으면 어찌 되겠나?"

"살라반 왕자는 무너질 겁니다."

"맞아! 핵심은 그거야. 루트밀라가 아무것도 못 하고 무너지게 만들어서 전하와 귀족들이 모두 나를 지지하게 만드는 그 상황이 중요해."

"그럼 계속 이 구도는 유지되겠군요."

"내가 못 할 거라 보는가?"

"균형은 팽팽하게 유지될 겁니다."

"아니지. 자네가 청소부를 죽이면 얘기가 달라져."

자일의 눈이 가늘게 좁혀졌다.

"내게 쏠리던 힘이 분산된 이유는 청소부 때문이야. 뭔가를 하려 하면 그놈이 자꾸만 방해하는 바람에 귀족들이 다른 왕족들에게 넘어가고 있어. 그러니 청소부를 죽여서 이 어지러운 판을 내게 유리하게 만들어야 한다."

"청소부가 모습을 드러낼까요?"

"녀석들도 느끼고 있어. S급 길드 창설을 너에게 맡긴 순간부터 자기 세력이 흔들릴까 봐 수를 쓰기 마련이지. 다급해진 상태에서 내가 좋은 미끼를 하나 던져 줄 생각이야. 넌 그 판에서 얌전히 받아먹으면 돼."

"제가 실패한다면……."

"네가 죽고 길드는 와해된다. S급 길드는 결국 다른 용병들 손에 넘어가겠지."

롤랑이 입술을 질근 깨물었다.

"하지만 걱정하지 마. 내가 보답한다고 하지 않았나."

자일이 손가락을 튕기자 어둠 속에서 다섯의 사내가 나타났다.

"암부의 다섯 별이라 불리는 7레벨 마법사들이네. 암살에 특화된 이자들을 모두 자네에게 붙여 주지."

"……!"

"청소부가 나타나면 죽이고, 그 목을 내게 가져오시게. 난 그걸로 이 판을 조종한 세력이 누구인지 확실히 밝혀 왕위 계승에 종지부를 찍겠네."

S급 길드를 거머쥐고 나라의 간섭을 받지 않는 독립적인 존재가 된다.

너무나 달콤한 대가에 롤랑은 고민하지 않았다.

십주회를 소집한 순간부터 이미 결정은 끝났다.

"반드시, 전하의 뜻을 이뤄드리겠습니다."

"기대하겠네."

자일이 롤랑에게 특별한 지역이 표시된 지도를 넘겼다.

"모든 것을 걸고 승부를 보시게."

* * *

살라반은 왕실에서 내려온 공고를 보고 있었다.

가당치도 않다는 듯, 단숨에 공고를 찢어 버렸다.

"이자들이 미치지 않고서야 공작님이 눈을 부릅뜨고 계신데, 어찌 이런 장난을 칠 수가 있어!"

루트밀라도 심기가 불편한 듯했다.

하지만 전하의 어명이 깃들어 있으니, 쉽게 말을 하지 못했다.

"누군가 장난질을 치고 있군요."

"형님이겠죠. 전하를 이용해서 모두에게 경고하고 있습니다. 절대 기어오르지 말라고."

"어쩌면 3왕자일 수도 있겠죠. 저희가 훼방을 놓았지만, 상단의 자금력을 금세 마르게 할 순 없으니까요."

"걱정 마세요. 길드장님이 우려할 상황은 절대 벌어지지 않을 겁니다."

루트밀라가 살라반에게 힘을 실어 주듯 단호하게 말했다.

"롤랑? 그런 듣도 보도 못한 잡것이 자네의 길드를 뺏어가지 못하게 내 단단히 틀어막겠네."

"하지만 왕실이 개입했다는 건 쉽게 넘어갈 문제가 아닙니다."

"알고 있네. 방법이 하나 있긴 한데……."

머뭇거리는 루트밀라에게 페르노크가 물었다.

"뭔가 쓸 만한 패가 있습니까?"

"……자네가 수도에 있는 동안 우리가 찾던 게 발견됐어."

"무엇을 말입니까?"

"2년 전부터 조사해 왔던 1왕자의 비자금이야. 한데,

문제는 그 비자금을 숨겨 둔 곳이 어떤 마법사의 신체라는 점일세.”

“신체? 몸속에 말입니까?”

“그래. 그자의 마법은 신체에 박힌 문신 속에 일정한 양의 물질을 집어넣을 수 있는 특이계지. 한마디로 걸어 다니는 비자금 문서라는 말일세.”

“그걸 찾아내신 겁니까?”

루트밀라와 살라반이 마주 보고 동시에 고개를 끄덕였다.

“맞네. 최근 그 꼬리가 드러났어. 한데, 상황이 이리되고 보니 쉽게 접근하기 어렵단 말이야.”

왕실의 어명과 맞물려서 나타난 공교로운 상황이다.

루트밀라는 망설였다.

살라반도 마찬가지다.

페르노크도 수상한 낌새를 느꼈다.

하지만 세 사람은 직감했다.

이걸 먹어야만 앞으로의 구도가 편해질 거라는 사실을.

“생체 마법사, 조한. 신체 일부라도 상관없어. 문신이 박힌 부위만 잘라서 가져오면 비자금 문건을 모두 우리 손에 쥘 수 있네.”

“해야만 하는 일이군요. 1왕자와 왕실의 고리를 약하게 만들 기회니까요.”

“하지만 이 정보를 누가 흘렸는진 몰라. 우리도 최근에

듣고 나서야 파악했으니, 필시 함정이 있겠지."

"그래도 해야 합니다."

페르노크의 단호한 말에 루트밀라가 고개를 끄덕였다.

"왕자님, 진행해도 되겠습니까?"

고심하던 살라반이 조심스럽게 말했다.

"좋습니다. 하지만 어떤 벌이 꼬일지 모르니, 최소 5레벨 이상의 마법사들을 길드장님께 붙여 주시죠."

"6레벨 마법사 셋과 5레벨 마법사 10명을 데려가게. 그리고 사태가 여의찮거든 그냥 몸을 빼야 하네. 알겠나?"

페르노크가 두 사람의 시선을 받으며 묵묵히 답했다.

"명심하겠습니다."

지금까지의 수순으로 누가 무엇을 원하는지 짐작하고 있다.

'다 된 밥에 재를 뿌려서야 쓰나.'

살라반을 떠날 때가 다가오고 있다.

이제 슬슬 뿌린 씨앗들을 거둬들여야 한다.

방해는 용납할 수 없다.

도발에 대한 대가는 톡톡히 치르게 만들 것이다.

* * *

"이러고도 무사할 성싶소! 형님!"

8왕자의 처절한 울부짖음을 이솔룬이 무참하게 짓밟았다.

"네이아 경, 마무리하세요."

루인이 지팡이를 들어 마력으로 일대의 마법사들을 모두 통제했다.

세반스와 A급 길드들은 더 이상 저항하지 못했다.

"왜 이러나! 전속 계약은 해지한다고 하지 않았나!"

"아직 계약은 유지되고 있잖아."

"해지할 거야!"

"하루만 더 늦게 올 걸 그랬군. 그랬다면 이런 참상은 벌어지지 않았을 텐데."

루인이 턱짓하자 자드와 조디악이 세반스를 끌고 어딘가로 사라졌다.

'이로써 롤랑을 제외한 모든 A급 길드는 전부 우리 수중에 떨어졌다.'

전속 계약 해지 공고가 나온다는 말을 듣자마자 이솔룬을 부추겨 8왕자를 공격했다.

8왕자는 유일한 전력인 세반스를 잃지 않으려고 전속 계약 해지를 거부하다가 그대로 이솔룬에게 휩쓸렸다.

'이쪽의 길드들은 전부 나를 지지하고 있지.'

마지막 8왕자까지 손에 쥐면서 이솔룬 파벌의 사기는 하늘을 찌르고 있다.

전속 계약 해지를 고민하던 길드장들은 해볼 만하다는 생각을 가지기 시작했다.

루인을 필두로 무려 다섯 개의 A급 길드가 전속 계약

을 유지했고, 다른 왕족들을 지지하던 귀족들이 이솔룬을 눈여겨본다.

지금껏 빼앗은 영지에서 리오가 만든 상단이 날개를 펼치기 시작했다.

페르노크가 3왕자를 들쑤셔 준 덕분에 생각지도 못한 탄력까지 받은 상황이다.

모든 게 순조로웠다.

단, 하나의 꺼림칙한 일만 없었다면 말이다.

"1왕자의 비자금을 가진 생체 마법사가 발견되었다고 합니다."

리오가 페르노크에게 전달받은 내용을 루인에게 전했다.

"비자금?"

"뒷돈을 상당히 쌓아 놨고, 그걸로 포섭한 귀족들이 꽤 된다더군요. 살라반이 오래전부터 생체 마법사를 찾으려 애썼다가 이번에 꼬리를 찾았다고 합니다."

"허허허, 참으로 공교롭군요."

"예. 왕이 움직인 시점에서 비자금이 발견되다니 말이죠."

눈을 마주친 두 사람은 이 모든 혼란의 종지부를 찍을 상황이 도래했다고 생각했다.

"1왕자가 파 놓은 함정일까요?"

"3왕자가 흘려보낸 정보일 수도 있겠죠."

"그럼 페르노크 님을 잡을 만한 수단이 확실하다는 건데……."

"어느 정도 수준이어야 페르노크 님을 붙잡을 수 있다고 보십니까?"

"최소 마도사급. 혹은 그에 준하는 세력."

"그만한 힘이 움직였다는 보고는 없었습니다."

"그들도 감춰 놓은 패를 꺼냈을지 모릅니다."

"루인 님께서 힘을 보태 주시겠습니까?"

"유감이지만 이곳에서 페르노크 님이 계신 곳까지는 최소 보름은 달려야 합니다. 이미 늦었어요."

"기다릴 수밖에 없겠군요."

루인이 웃으며 고개를 끄덕였다.

"우린 마무리 작업에 돌입합시다. 아마, 그쪽 일이 끝나면 1왕자든 3왕자든 이곳을 바로 치러 올 겁니다."

"되도록 3왕자가 자금력을 끌어 써 주면 이쪽도 르젠에서 상단을 심어 두기 좋을 텐데 말이죠."

"상품을 많이 구비해 두셨나 봅니다."

"갈룬 광산의 매입 건은 끝났습니다. 식량은 이번에 페르노크 님께서 도와주셨고, 마물 소재 가공품도 저희가 독점 매입해 풀어 놓는 것으로 뒤처리가 깔끔해졌습니다."

이 짧은 사이에 상단의 규모를 키운 리오의 솜씨에 혀가 내둘러졌다.

"이제 남은 일정을 준비하시죠."

루인이 지팡이를 거머쥐고 용병들 앞에 나섰다.

루인의 활약을 지금까지 줄곧 지켜본 용병들은 이솔룬보다 그를 더 따르고 있었다.

무엇보다 그는 마력 운용법을 세세하게 알려 주니, 모두 그를 스승으로 생각한다.

"앞으로 우리를 견제할 다른 왕자들의 공세가 짐작되는바! 그러나 걱정할 필요 없다! 우리에겐 왕자님이 계신다! 이 여정의 끝에 존재할 영광을 모두 함께 거머쥐자!"

이솔룬이 흐뭇하게 웃었고 용병들의 사기가 하늘을 찔렀다.

거위의 배가 터질 만큼 부풀어 오른 순간이었다.

* * *

페르노크는 마을을 내려다보고 있었다.

[조한을 발견했습니다.]

머릿속에 음성을 전달할 수 있는 5레벨 마법사가 페르노크에게 골목을 알려 줬다.

불안한 눈으로 사방을 두리번거리는 생체 마법사, 조한이 으슥한 길만 골라 다니고 있었다.

[바로 잡을까요?]

페르노크는 고개를 저었다.

'이곳에서 크게 일을 벌였다간 우리 정체가 바로 탄로 나겠어.'

게다가 조한이 머무는 은거지는 이곳이 아니다.

그가 마을을 떠나길 기다렸다.

날이 저물 무렵, 조한은 가방에 식량을 가득 싣고 숲으로 들어갔다.

페르노크가 마법사들을 산개시켜 조한의 퇴로를 모두 가로막았다.

잠시 후, 조한은 숲 너머에 있는 동굴 속으로 들어갔다.

이 정도로 사람 눈길이 닿지 않는 곳에 숨어 있었으니, 지금껏 살라반이 행적을 모를 만도 하다고 생각했다.

딱딱!

페르노크가 주위 마법사에게 신호를 전달했다.

혹시나 모를 습격자에게 대비하라는 뜻이었다.

탐지에 능한 마법사들이 주위를 수색한 끝에 다른 인기척이 없음을 확인했다.

딱!

돌입 신호가 떨어지고, 마법사들이 동굴 속으로 빨려 들어간 그 순간.

"……?"

페르노크는 불길한 바람을 느꼈다.

신경에 거슬리는 불온한 마력이 바람을 타고 등줄기에 스며들었다.

페르노크가 관찰안을 발동했다.

조한과 아군 마법사들 외엔 아무도 없었다.

마력 트랩도 보이지 않았다.

한데, 이 갑작스러운 불길함은 뭐란 말인가.

"……!"

그 존재가 확실히 느껴진 건 동굴 속에서 조한의 발버둥이 터져 나온 순간이었다.

페르노크가 위로 손을 털었다.

쾅!

무언가 부딪혀 앞에 떨어져 내렸다.

대기가 술렁이며 마력이 모여들었다.

관찰안에 명확한 인간의 형태가 포착되었다.

"호."

짧은 감탄사와 함께 젊은 사내가 모습을 드러냈다.

"이 근방에 쉽지 않는 두 놈이 숨어 있었는데, 날 발견한 걸 보면 네가 더 실력이 높구나."

사내가 옷에 묻은 먼지를 털어 내며 씨익 웃었다.

"너구나. 3왕자를 물 먹인 청소부란 녀석이."

페르노크가 한 발자국 뒤로 물러났다.

그 순간, 아무것도 없는 허공에서 날카로운 무언가가 내려와 그가 있던 자리를 내리찍었다.

"7레벨 마법사를 넘어섰으나 마도사에는 못 미치고, 어중간한 경계에 발을 걸치고 있는데 반응이 좋아. 확실히 난놈이군.”

페르노크야말로 의아했다.

‘3왕자 측에 마도사급의 인재가 있었다고?’

제르모프나 루트밀라를 두지 못해 자금력으로만 승부를 본다는 것이 3왕자의 평가였다.

어느새 일대에 펼쳐진 마력은 분명 마도사의 전매특허인 공간 장악이었다.

눈앞의 사내는 최소 지프급의 마도사라는 뜻이다.

‘마력을 모으고 퍼트리는 방식이 매끄러워.’

루인이 가르쳐 준 방식보다도 깔끔했다.

이 정도의 센스를 가진 마도사가 있었다면 왜 3왕자는 지금까지 침묵했는가.

혼란스러운 머릿속으로 심상치 않은 단어가 들려왔다.

“딱 공작님이 좋아할 만한 놈이야. 하하, 이것 참 이러면 안 되는데…….”

사내가 위협적으로 기세를 돋우며 웃었다.

“나는 라키스 제국에서 온 녹스라고 한다. 네 실력이 너무 아까워 그러는데, 지금이라도 청소부를 때려치운다면 제국으로 데려가 아주 귀한 인재로 대우해 주마.”

라키스 제국의 마도사.

떠오른 건, 세계에 위명을 떨친 13명이다.

“제국의 13 귀족이었나.”

“아직은 아니지만, 곧 그렇게 될 거야. 이곳의 일을 잘 마무리한 대가로 말이지."

외교적 실리를 따지지 못하리라 생각한 3왕자가 라키스와 손을 잡았다는 사실에도 큰 감흥은 일지 않았다.

'3왕자의 뜻대로 조종되는 녀석이 아니군.'

위험한 놈은 예고 없이 찾아와 손부터 들이미는 녀석이다.

적어도 여유 넘치는 녹스가 3왕자를 위한 검처럼 보이진 않았다.

"굳이 손에 피 묻힐 필요가 있어? 네가 얌전히 따라와 준다면 저 녀석들도 모른 척 넘어가 줄게."

동굴 속에서 조한을 데리고 나온 순간, 저 멀리서 낯선 마력들이 몰려오기 시작했다.

"3왕자인가."

"1왕자겠지. 위험한 놈들도 꽤 섞어 데려오더군."

페르노크가 아티펙트 글러브를 말아 쥐었다.

"라키스와 지금 당장 대립할 생각은 없었는데."

"대범하네. 과연 왕자의 뒷주머니를 털어 온 청소부다워. 라키스의 이름을 듣고도 침착한 모습은 칭찬해 줄게. 하지만 시간 없다, 꼬마야."

일대의 마력이 요동치기 시작했다.

"라키스는 재능을 아낀다. 그러니 선택하거라. 얌전히 따라올 테냐. 남 뒤치다꺼리나 하다 그대로 죽을 테냐."

페르노크가 피식 웃으며 마력강체술을 끌어 올렸다.

"아무래도 오늘은 포식하는 날이군."

"아쉽구나, 아쉬워! 마스터께서 좋아하셨을 텐데!"

캉!

페르노크가 오른쪽으로 날아온 무언가를 아티펙트로 쳐 냈다.

'빛?'

분명 햇살을 모아 만든 입자가 날카롭게 다듬어져 있었다.

우우우우웅!

어느새 사방이 온통 빛의 창으로 뒤덮였다.

한 치의 틈도 찾아보기 힘든 매끈한 마력의 운용.

그 틈에 파고드는 마력 장악까지.

녹스는 루인이 말한 일류의 마도사가 분명했다.

"빠져나갈 곳은 없단다, 아가야."

빛의 창이 페르노크에게 폭사했다.

* * *

콰콰콰콰쾅!

별안간 숲의 서쪽 부근에서 강렬한 마력이 느껴졌다.

암부의 다섯 별과 롤랑은 조한을 지켜야 한다는 사실도 잊은 채 그곳을 바라보았다.

'대지가 격동하고 있어.'

극강의 마력끼리 붙을 때 발생하는 현상이다.

지금껏 조한과 멀리 떨어진 곳에서 거대한 포위망을 구축했던 길드원들도 낌새를 느끼고 걸음을 멈췄다.

암부의 다섯 별이 롤랑에게 다가갔다.

"조한을 데리고 나온 놈들은 보잘것없는 마법사들에 불과하오."

"그럼 우리가 노리는 청소부는 저곳에 있단 말인가?"

"아마도."

암부의 다섯 별은 확신했다.

3왕자의 비밀 창고를 계속 털어 갈 만한 실력자라면 자신들도 처리하기 버거운 존재여야 마땅하다.

그리고 그에 합당한 힘이 계속 서쪽 숲 언덕 위에서 펴져 나온다.

"한데, 왜 하나가 아니라 둘이지?"

"우리 말고 청소부를 노리는 자들이 더 있는 것 같구려."

"어찌하는 게 좋겠소?"

암부의 다섯 별이 싸늘하게 웃었다.

"둘 다 죽여야지. 왕자님께 해를 끼칠 만한 놈들은 단 하나도 용납되어선 안 돼."

"그럼 그쪽에서 한 명만 길드원들과 합류해 조한을 지키러 가고, 나머지는 나와 함께 언덕으로 갑시다."

"넷째 장로가 가시게."

얼굴의 절반을 가로지르는 흉터의 7레벨 마법사가 길드원들에게 붙었다.

"너흰 조한을 지키고 저 마법사들을 처리해라!"

"예!"

길드원들이 7레벨 마법사와 동굴로 향했다.

남은 네 명의 별과 롤랑은 언덕으로 달려갔다.

* * *

녹스는 멀리서 다가오는 흉흉한 마력들을 느꼈다.

'그놈들인가.'

페르노크를 발견하기 이전에 먼저 포착된 1왕자의 세력들.

7레벨 마법사만 다섯에 다른 하나는 마법사의 벽을 깨나가는 중이었다.

'이 파동을 알면서도 온다는 건, 이쪽의 균형을 깨뜨려서 둘 다 죽이겠다는 건데.'

녹스가 소리 내어 웃었다.

'마도에 이르지도 못한 어중간한 놈들이 주제도 모르고 설치기는.'

르젠의 기둥인 제르모프나 루트밀라 정도는 되어야 자신과 견줄 만하다고 생각했다.

"작위를 얻고 싶다면 르젠을 정리하고 와라."

스승인 크리스 공작이 떠오른다.
자신보다 젊은 나이임에도 세계에서 손꼽히는 마도사가 되어 버린 재능의 화신.
감히 그를 넘볼 생각조차 없다.
그저 13 작위의 하나라도 좋으니 차지하여 자신의 위용을 세계에 떨치고 싶을 뿐.
"한눈팔 여유가 있나."
눈앞에 치고 들어오는 페르노크만 처리한다면 그 영광에 한 발자국 다가간다.
더군다나 뤼겐은 마도사급의 실력자와 협력하고 싶어 하니, 향후에 녹스는 더한 입지를 확고히 다지리라.
'청소부를 죽이고, 조한을 데려가서 다른 왕자 놈들을 흔든다면 3왕자가 왕이 되는 것도 꿈은 아니겠지. 내 손으로 왕을 만드는 것도 재미있겠어.'
선물 폭탄이 떨어진 것 같았다.
참을 수 없는 웃음이 마력과 함께 터져 나왔다.
콰콰콰콰쾅!
그의 마법은 빛을 다룬다.
빛이 생성되어 응집되는 그 섬세한 공정은 크리스 공작에게 지도받은 끝에 마도술로 승화되었다.
마도사가 아니면 절대 이 빛을 능가하지 못할 거라고

생각했다.

쾅!

갑자기 가슴 앞에 만들어 놓은 빛의 막이 흔들렸다.

순간이었다.

빛이 내리꽂힌 자리에 페르노크가 사라졌고 솜털을 쭈뼛 서게 만드는 무언가가 가슴을…….

"……!"

아니, 후방을 파고들었다.

"빛이라."

녹스의 마법보다 더 찬란한 섬광이 대검에서 터져 나오고 있었다.

마력이라기엔 무척 생소해 보이는 이질적인 무언가.

"그건 아주 유용하겠군."

이해할 수 없는 섬광이 녹스의 시야를 가득 채웠다.

* * *

동화율 상승에 대한 대가는 관찰안의 진화로 이루어졌다.

상대의 영혼이 움직인 자리를 실체의 육신이 따라 이동하는 과정을 간파하게 되었다.

그것은 단 0.5초 앞의 상황을 보는 것에 불과하였으나, 찰나를 요구하는 고수들에겐 예지에 가까웠다.

그리고 놀랍게도 관찰안은 마력의 흐름마저 예측했다.

쾅!

빛의 창이 떨어지기 전에 한발 물러난 다음, 강화 마법을 걸어 순간적으로 속도를 증폭시켰다.

적응되어 있던 움직임이 한순간 가속되자 녹스의 눈은 갈 곳을 잃었다.

그때, 페르노크는 아티펙트를 대검으로 변환시켜 녹스의 후방을 점했다.

치지직.

충돌 에너지를 머금은 대검이 환하게 타오르고, 뒤늦게 녹스가 사태를 파악했다.

콰아앙!

섬광 앞에 빛줄기가 모여 거미줄 같은 형태를 취한다.

순간의 오버 임팩트는 빛줄기를 가르지 못했다.

하지만 녹스의 얼굴을 가리고 있던 가면에 흠집을 냈다.

"……."

녹스가 얼굴에서 흘러내리는 가죽을 손가락으로 긁어냈다.

흉터가 가득한 그의 본래 얼굴이 모습을 드러냈다.

얼굴 가죽을 털어낸 녹스의 눈동자가 무심해졌다.

장난기 어리던 모습은 사라지고 백전노장 같은 기세가 흘러나왔다.

"분명, 마도사는 아닌데 신기한 재주를 가지고 있구나."

목소리마저 굵직해지고, 공간이 술렁거렸다.

페르노크의 섬광에 자극받은 듯 세상에 온통 환해졌다.

찬란함에 눈이 멀어 버릴 것 같았다.

"아무래도……."

녹스가 왼쪽으로 손가락을 뻗었다.

"……내 계산이 살짝 틀린 것 같군."

환한 빛 하나가 이쪽으로 달려오던 불청객에게 쏘아졌다.

쾅!

두 팔로 가로막은 그자가 눈을 부릅떴다.

롤랑이었다.

그 주위에 7레벨 마법사 네 명이 함께였다.

"페르노크 길드장!"

롤랑도 페르노크의 얼굴을 확인하고 마력을 끌어 올렸다.

"4왕자가 아니라 네놈이었나!"

페르노크는 웃고 말았다.

"왕자들에게 빌붙는다며 다른 길드들을 그리 경멸하던 놈이, 정작 1왕자에게 붙어먹는 꼬라지라니. 하하하하하!"

롤랑은 당황하지도 분노하지도 않았다.

"그래. 기껏 생각한 방법이 조한 같은 놈을 미끼로 다른 놈들을 낚는 거였나? 대단하군! 방식이 하찮아서 고민이 해결됐다.”

페르노크가 대검의 면을 앞에 세웠다.

“내 길드에 너 같이 잡스러운 놈은 필요 없어.”

빛이 굴곡 되어 롤랑 쪽으로 날아갔다.

롤랑은 마력을 고운 입자로 퍼트렸는데, 놀랍게도 빛이 그 안에 머물렀다.

마력 흡수.

롤랑의 마법은 발동된 마법의 마력을 빨아들인다. 그리고 그것을 체내에서 정제시킨 뒤 고운 가루로 사방에 내뿜는다.

가루는 그 하나하나가 고농도의 마력이고 마법사에게 독극물과 같은 위험한 중독 증상을 발생시킨다.

산맥의 마기와는 다르다.

저 가루에 스치는 순간 고농도 마력이 마법사의 마력회로를 파괴시킨다.

“재밌는 놈이군.”

녹스는 빛이 흡수되는 과정을 보면서 롤랑의 마법을 파악했다.

“특이계 마법 중에서도 희소하구나.”

무감정한 감상을 전하며 녹스가 두 손을 합장했다.

흡사 신에게 기도를 전하는 것 같은 모습이었다.

하지만 손바닥에 모인 마력이 공간에 스며들었고 빛이

세상을 잠식했다.

콰콰콰콰쾅!

고농도의 입자도, 기습을 노리던 7레벨 마법사들도 모조리 빛에 잠식되었다.

호흡조차 따가워지는 거대한 빛의 마도술.

성역의 안식처.

지프의 대기 붕괴와는 차원이 다르다.

이 안의 모든 빛은 녹스가 생각한 형태를 구현하여 한 치의 틈도 없이 적들을 녹여 버린다.

"끄어어……!"

암부의 두 별이 허망하게 녹아내렸다.

입자를 모아 마력을 흡수하고 정제하여 퍼트리는 롤랑과 그 뒤에 두 별만이 식은땀을 훔치며 힘겹게 버티는 중이었다.

'한쪽의 균형을 무너뜨려서 양쪽 다 잡아먹을 생각이었는데, 어찌…….'

두 거대한 힘이 맞부딪칠 때, 롤랑과 마법사들이 파고들어서 틈을 만들고 무너뜨릴 생각이었다.

하지만 녹스의 마력이 처음 느낀 것보다 가파르게 상승 중이다.

더군다나 페르노크는 그 마력을 아주 손쉽게 떨치고 있다.

모든 상황이 롤랑의 예측을 벗어난다.

화아아악-!

녹스는 모든 것을 녹여 버릴 기세로 성역을 확장시킨다.
그 마력에 일말의 빈틈도 없다.
관찰안으로도 이 빛은 하나의 면처럼 촘촘하게 이어져 있다.
심지어 그 본체는 빛에 휩싸여 단단한 방어 체계를 구축한 상태다.
수십 혹은 수백에 달하는 빛의 장막을 뚫고 녹스의 품을 한순간에 파고들어야 한다.
빛은 여유를 용납하지 않는다.
찰나를 파고들 한 수.
페르노크의 눈동자에 하얀 기운이 어리기 시작했다.
찬란한 빛 속에서도 순백의 기운은 사그라들지 않고 천장에 뭉쳐 하나의 광원을 그린다.
“……?”
녹스는 성역에 침투한 이물질을 이해하지 못했다.
크리스 공작에게 수많은 마법사와 대련을 명받고 사투 끝에 대부분의 형식을 이해했지만, 저건 알 수 없었다.
‘마력이 아니야.’
마도사가 인지하지 못하는 미지의 영역.
그것이 녹스의 공간을 갉아먹으며 점점 확대되어 갔다.
‘그럼에도 마도에 침투하는 또 다른 영역.’
문득, 크리스 공작의 말이 떠올랐다.

"공간과 공간이 부딪혀 어느 한쪽에 균열이 발생한다면 바로 공간을 회수해라. 마력을 응집시켜 최대의 마도술을 간이 공간으로 구축하는 게 마지막 회생 수단이다."

하지만 따를 수 없었다.

마도술은 그의 인생이다.

자신이 구사한 마도술이 이해할 수 없는 무언가에 침범당하여 도망쳐야 한다는 사실을 받아들이지 못했다.

그리고 꿋꿋이 지켜나가려는 녹스의 자존심을 비웃기라도 하듯 마침내 터져 나온 광뢰.

영법 – 천벌.

하늘에서 새하얀 빛이 번뜩였다.

폭풍우 몰아치는 재해 속의 낙뢰처럼 포효하며 터져 나오는 그것이 녹스의 장막을 집어삼켰다.

수십, 수백에 이르는 막은 무참히 깨져 나갔고, 녹스의 세계는 환한 입자로 소멸됐다.

"……헉!"

간신히 호흡이 트였다. 그리고 녹스는 안도했다.

'버텼다.'

미지의 영역에서 살아남았다.

'그만한 위력이다.'

적도 막대한 힘을 소진했을 것이다.

'내가……!'

1분이면 충분하다.

마도사는 회복이 빠르고 마력을 효율적으로 다룬다.

새로운 공간을 펼칠 수 있다.

특히 빛은 한 줌의 마력으로도 넓게 분산되는 특징을 가졌다.

'이겼……!'

순식간에 차오르는 마력을 빛으로 뒤바꾼 그 순간.

우우우우우웅!

눈앞에 경악할 광경이 펼쳐졌다.

대검을 움켜쥔 페르노크가 방금 전의 섬뢰와 같이 웅장한 기운을 재차 내뿜었던 것이다.

한데, 그 기운 또한 미지수였다.

섬뢰만큼이나 이해하기 어려운 인위적인 현상이 대검에 모여들어 강대한 빛을 구축하니.

순환 연동.

더 퍼스트에 중첩된 힘이 발버둥 치는 녹스 머리 위에 떨어져 내렸다.

콰아아아아아앙!

오버 임팩트가 빛을 짓뭉개고 살점을 녹여 버린다.

기세는 끊기지 않아 언덕을 가르며 지형을 붕괴시켰다.

페르노크가 미간을 찌푸리며 억지로 순환 연동을 거둬

들였다.

'도중에 회수하는 건 아직 어렵나.'

단순히 전부 방출하는 방식은 쉽다.

하지만 강대한 힘을 중간에 섬세하게 조절하는 과정은 아직 시간이 필요할 듯했다.

"후우우."

페르노크가 깊이 심호흡하며 눈앞의 고고한 영력과 마력을 흡수했다.

동화율 – 42%

양질의 먹잇감답게 상승 폭이 매우 컸다.

'영력에서 아티펙트 자체의 힘으로 이어지는 단계가 썩 나쁘진 않군.'

몸에 저장고 세 개를 둔 느낌이다.

영력을 모두 소모해도 아티펙트가 남아 있고, 순환 연동을 펼쳐도 육신이 움직인다면 마력이 반응한다.

우우웅!

페르노크가 마력강체술을 두르며 뒤를 돌아보았다.

한쪽 팔이 떨어져 나간 롤랑은 힘겹게 숨을 몰아쉬고 있었다.

"어떻게…… 그만한 힘을 내고……."

페르노크가 죽은 7레벨 마법사들의 마력과 영력을 흡

수했다.

동화율은 이제 미미하게 오르는 정도였지만 암살에 특화된 마법이 흥미로웠다.

그들 목에 걸린 십자검 표식을 살핀 페르노크가 고개를 끄덕였다.

"암부였나. 자신 있게 들어올 만했군."

자신이 아닌 다른 7레벨의 마법사였다면 롤랑을 감당하지 못하고 죽었을 것이다.

하지만 롤랑은 페르노크의 진정한 수준을 계산하지 못했다.

녹스와 충돌했을 때, 바로 도망쳐 후일을 기약해야 옳았다.

"마도사에 이르렀다면 더 양질의 마도술을 흡수했겠지. 네가 마법사에 머문 게 아쉽군."

페르노크가 대검을 들어 보였다.

그 굳건한 모습에 롤랑이 침음을 삼켰다.

"모두가 속았군. 마도사라니…… 페르노크가 마도사였어……."

페르노크가 체념한 롤랑을 내려다보았다.

젊은 나이에 A급 길드장이 된 나머지, 시기와 질투를 한 몸에 받아 치열하게 살아왔다는 얘기를 들었었다.

살리오와 엔리는 롤랑 덕분에 십주회가 체계를 갖췄다고 했었지만, 규율을 중시하는 모습 치곤 야망이 넘치는 모사꾼 기질을 가지고 있다.

이런 놈은 살려둬 봐야 언젠가 등에 칼을 꽂는다.

처리할 기회가 주어졌을 때, 확실히 정리해야 한다.

"……길드원들은 너의 정체를 모른다."

자비를 구하는 모습에 페르노크가 실소를 흘렸다.

"군주의 결정엔 책임이 따른다. 너를 따르는 자들의 목숨이 네 손에 달려있었음을 몰랐단 말이냐."

페르노크가 대검을 롤랑에게 겨눴다.

"왜 길을 잘못 들었지?"

내가 죽었던 것처럼 말이야…… 라는 회한 섞인 말을 흘리며 페르노크가 롤랑의 목을 내리쳤다.

굴러다니는 머리를 수습해 줄 의리는 없었다.

페르노크가 싸늘하게 굳어 가는 시체를 뒤로하고 조한쪽을 살폈다.

롤랑의 길드원들이 7레벨 마법사들과 루트밀라의 제자들을 몰아친다.

함께 뒤엉켜 필사적으로 항전 중이다.

이대로 살려 보냈다간 이쪽의 패가 들키고 만다.

페르노크가 그곳으로 손을 뻗었다.

롤랑의 마법이 입자로 화하여 그들 사이를 누볐고.

콰쾅!

곳곳에서 마력 회로가 파괴된 마법사들이 마법을 불발하며 스스로 터져 나갔다.

"뭐야!"

당황하는 7레벨 마법사 앞에 페르노크가 착지했다.

마법사가 반사적으로 허공에 손을 긋자 무수한 마력의 손들이 튀어나왔고, 페르노크는 앞으로 돌진하며 그 복부에 정권을 날렸다.

"커헉!"

피를 토하며 날아가는 마법사의 목을 검으로 베어 갈랐다.

순식간에 정리된 상황에 아군 마법사들은 상처도 잊고 멍하니 페르노크를 올려다보았다.

"다친 곳은?"

"괘, 괜찮습니다."

"거동이 불편한 자들을 수습하고 이곳을 벗어난다."

페르노크가 공포에 덜덜 떠는 조한을 기절시킨 뒤 어깨에 걸쳤다.

"서둘러라."

"예!"

강자를 숭상하는 루트밀라의 제자답게 반짝이는 눈망울로 페르노크의 뒤를 따랐다.

* * *

사망자 한 명 없이 돌아왔다는 말에 루트밀라는 안도했다.

희생을 각오하고 내보낸 제자였지만, 가벼운 상처만 입었다는 사실에 페르노크에게 감사를 전했다.

그리고 살라반은 놀람을 금치 못했다.

“조한을 산 채로 잡아 온 겁니까?”

“생각보다 여유가 있었습니다.”

“습격을 받았다고 들었는데요?”

“1왕자가 롤랑을 고용했더군요.”

“아……!”

“3왕자도 라키스 제국과 돈독한 관계를 맺으려 한 것 같습니다.”

“뤼겐이?”

외교적 능력이 전혀 없다고 평가받는 뤼겐과 라키스가 연관되자 살라반은 의아한 표정이었다.

“그쪽에서도 자객을 보냈더군요. 1왕자 측에서 암부도 꺼냈는데, 3왕자와 부딪친 덕분에 무사히 조한을 탈취해 냈습니다.”

“적과 적을 맞부딪칠 생각을 그 상황에서 하는 건 길드장님만 한 배포가 아니고서야 불가능할 겁니다.”

페르노크는 미소로 화답했다.

마도사에 관한 사실은 굳이 얘기하지 않았다.

이제 관계를 정리해야 하는 마당에 자신이 감춘 패를 드러내 봐야 더 집착 받을 뿐이라는 걸 알기 때문이었다.

“조한에게서 비자금 문건을 꺼낼 수 있으십니까?”

"공작님이 단단히 이를 갈고 있었습니다. 오늘 안에 다 끝날 겁니다."

"그 이후에 1왕자를 치실 건가요?"

"우선 왕실과의 관계를 틀어 버려야겠습니다. 그리고 뤼겐도 내버려 둬선 안 되겠지요."

"굳이 왕자님께서 직접 3왕자를 손댈 필요가 있겠습니까?"

"……?"

페르노크가 싱긋 웃었다.

"밑에서 기세 좋게 치고 올라오는 신진 세력이 있지 않습니까."

"호오, 그거 묘수군요."

살라반은 페르노크와 상의하여 3왕자와 4왕자를 맞부딪칠 방법을 마련했다.

페르노크는 웃었다.

배가 부풀었으니 이젠 수확의 시간이다.

4장. 수확

수확

보고서를 넘기던 자일의 손이 뚝 멈췄다.

“다 죽었다고?”

암부 요원이 그 참혹한 현장을 정리한 보고서를 제출했다.

생존자는 한 명도 없었으며, 조한까지 빼앗겼다는 내용이 적혀 있었다.

“암부의 다섯 별은?”

“죽었습니다.”

“시체는?”

“녹아내리거나 잘려…….”

자일이 보고서를 집어 던졌다.

“지금 그걸 말이라고 해?”

"……."

"너희들이 하는 게 대체 뭐야! 기껏 믿고 조한까지 내주면서 함정을 파 놨는데, 그걸 말아먹어? 미쳤어? 설마 다른 곳에 붙어먹은 거야?"

"아닙니다."

"그럼 대체 왜! 다섯 별에 A급 길드까지 붙여 줬는데도 실패했냐고!"

암부로서도 당혹스럽기 그지없었다.

혹시나 루트밀라 공작 본인이 직접 조한을 잡으러 가지 않을까 경계하며 감시자들을 배치했었다.

아무런 낌새도 없었고, 청소부 소탕 작전의 성공을 확신했다.

그런데 실패했다.

청소부는커녕 암부의 귀한 전력과 조한이라는 치부까지 함께 빼앗겼다.

"어떤 놈인지는 알아냈어?"

"3왕자 혹은 4왕자일 가능성도 계산하고 있습니다."

"그놈의 추측! 암부라는 놈들이 아직도 적의 패를 모르면 어떻게 하자는 거야!"

"송구합니다."

"이 밥버러지 같은……!"

자일이 흥분을 가라앉히느라 손을 덜덜 떨고 있을 때였다.

집무실을 열고 기사가 급히 다가왔다.

"왕자님! 왕실에 흉흉한 소문이 감돌고 있습니다!"

"무슨 소문?"

"왕자님께서 여러 귀족들에게 뇌물을 먹이고, 정적들을 살해했다는……."

쾅!

자일이 책상을 내리치며 벌떡 일어났다.

청소부가 분명하다.

조한에게서 비자금을 얻어 낸 청소부의 세력이 왕실과 자신의 관계를 흐트러뜨리려 하는 것이다.

"어떤 놈인지 파악했어?"

"소문이 시작되는 곳을 이 잡듯이 뒤집고 있습니다. 하지만 문제는 그게 아닙니다."

"또 뭔데!"

"S급 길드단 창설을 롤랑이 아닌 네임드의 페르노크가 이어받는다고 합니다!"

자일의 얼굴이 일그러졌다.

"당장 막지 못하고 뭐 해!"

"그, 그것이……."

전령이 자일의 눈치를 살피며 조심스럽게 말했다.

"왕자님께서 마력포를 불법 개조한 증거가 나오는 바람에……."

"소문일 뿐이라고 둘러대면 되잖아!"

"2왕자님께서 직접 이 일을 고하셨다고 합니다."

그 순간, 자일은 지금까지 모든 판을 뒤흔든 작품이 누구 손에서 나왔는지 깨닫게 되었다.

"살라반……?"

공들여 만든 작품이 한순간에 우르르 무너지기 시작하는 모습을 목격하는 참담한 심정을 담아 자일이 시뻘겋게 달아올랐다.

"이 새끼가아아아아!"

하지만 자일은 쉽게 움직일 수 없었다.

살라반이 지금껏 아껴뒀던 연구실 패와 더불어 비자금 안건과 자일의 여러 부정행위를 한 번에 터트렸기 때문이다.

* * *

같은 시각, 퀴겐도 충격적인 소식을 접하고 있었다.

"그 마도사가 죽어?"

"예."

"혓바닥을 그리 놀리더니만 이렇게 죽어? 이런 병신 같은 놈!"

라키스 제국에서 찾아온 마도사라 아주 뛰어난 활약을 펼칠 거라 기대했다.

마침 상황도 좋았다.

조한의 꼬리가 잡혀 자일에게 타격을 줄 수 있었기 때문이다.

녹스는 그곳에 청소부가 올 거라 판단하고 조한까지 사로잡아 오겠다며 호언장담했다.

하지만 돌아온 건 녹스의 싸늘한 시신이었다.

"제르모프야? 아니면 루트밀라가 움직이기라도 했어?"

"둘 모두 아닙니다. 오히려 1왕자가 함정을 파 놓고 있었습니다."

"그건 알아! 조한 새끼가 나타났을 때부터 형님이 뭔갈 했다는 것 정도는 다 알고 진행한 일이야! 그런데 왜 녹스가 죽냐고? 왜!?"

"그 자리에서 암부의 다섯 별로 짐작되는 시체가 발견되었습니다."

"그 노인네들이 뭘 할 수 있는데?"

"게다가 롤랑이라는 A급 길드장도 있었습니다."

"그래 봐야 용병이잖아! 시답잖은 내용 말고 확실한 정보를 가져오라고!"

그러자 전령이 조심스럽게 말했다.

"실은, 한 가지 흔적이 더 발견되었는데……."

"뭐야. 빨리 말해!"

"시체들의 몸속에 마력 회로가 파괴된 흔적이 남아 있었습니다."

"그래서?"

"마력 회로 파괴는 롤랑의 주특기입니다. 하지만 그가 본인의 길드원들에게 그런 일을 할 리가 없죠. 그렇다면 마력 회로를 파괴할 만한 힘을 가진 특별한 마법사가 있다는 뜻이고, 최근 그와 유사한 패턴을 보이는 마법사가 있습니다."

"누군데?"

"4왕자 측의 네이아라는 마법사입니다."

뤼겐이 이맛살을 찌푸렸다.

"이솔룬이 믿고 나대는 7레벨 마법사?"

"예. 여러 왕자들을 제압할 때, 그 마법사가 모든 마력을 지배했다고 합니다. 그것을 억지로 떨쳐 내려던 마법사들은 마력 회로가 불타 자멸했다고 합니다."

"7레벨…… 7레벨……."

뤼겐이 책상을 주먹으로 내리쳤다.

"그놈이다."

"예?"

"이솔룬이었어! 내 땅굴족을 빼앗고 마약 하우스를 불태워 버린 마법사는 그 네이아란 놈이 분명해!"

암부의 다섯 별과 롤랑 그리고 네이아의 힘을 합친다면 녹스와도 일전을 겨룰 만했을지 모른다.

마도사의 진정한 실력을 목격하지 못한 뤼겐은 수많은 망상 끝에 결론을 내렸다.

"이솔룬을 친다. 그 네이아란 놈을 잡아 확실히 추궁하는 거야!"

"하지만 바르사단 님께서 새로운 실력자를 영입하기 전까진 자중하라고 하셨습니다."

"지금 이때를 놓치면 형님들이 나를 친다!"

녹스를 보낸 시점이 승부처였다.

청소부를 잡지 못한 상황에서 조한을 빼앗긴 자일이 어떤 일을 벌일지 상상조차 하기 싫다.

게다가 이솔룬이 아랫 왕자들을 모두 집어삼키고 어느새 자신의 발목을 붙잡을 정도로 성장했다.

"네이아란 놈이 청소부가 아니어도 상관없어! 이솔룬이 위로 시선을 돌리기 전에 깨부숴야 해!"

"왕자님……."

"이 빌어먹을! 지금 S급 길드 창설인지 뭔지 말이 나돌고 있잖아! 롤랑이 죽었으니, 그다음은 누구겠어! 페르노크 아니면 네이아야! 페르노크는 산맥에 있으니 전장에 있는 네이아를 쳐서 S급 길드가 만들어져도 약화되게 해야 한다고!"

뤼겐이 벌게진 눈으로 전령을 노려보았다.

"이솔룬을 칠 명분을 만들어 와. 뭐든 좋으니, 아주 사소한 것이라도 꼬투리 잡아서 부딪혀! 소모전은 우리에게 유리해!"

"예. 알겠습니다."

전령이 고개를 꾸벅 숙이고 밀실을 떠났다.

남겨진 뤼겐이 연신 책상을 내리치며 소리를 질러 댔다.

"이 개자식들이 감히 날 우습게 봐!"

왜 자신의 세력이 이토록 농락당하고 있는가.

참을 수 없는 분노가 이솔룬에게 향한다.

* * *

변장한 페르노크는 주점에서 느긋하게 맥주를 홀짝이고 있었다.

자일의 전령이 무언가에 홀린 듯 페르노크에게 다가갔다.

"분부대로 처리했습니다."

"수고했다."

뤼겐의 분노가 이솔룬에게 향하도록 그의 최측근에게 마법을 걸었다.

[암시 Lv.5]

특정 단어를 입력시켜 대상에게 새로운 기억을 사실로 입력시킨다.

롤랑의 길드원을 죽이고 나서 얻은 마법이었다.

이걸로 뤼겐의 가장 충실한 심복에게 접근하여 '네이아가 범인이다'라는 추측이 가능케 하도록 조종했다.

"3왕자는 언제 움직일 생각이지?"

"조만간 명분을 만들어 덮칠 것이라 하였습니다."

"후후, 급한 놈치곤 꽤 머리가 돌아가는군."

이번 조한에 1왕자와 3왕자 그리고 2왕자까지 모두 승부를 걸었다.

각자 가진 패를 걸어 살아남은 쪽이 이 어지러운 판세를 떨치고 우뚝 서게 된다.

'왕실과의 관계가 틀어졌다지만, 자일은 아직도 장자 계승이란 강력한 패를 들고 있지. 하지만 연구실 건과 비자금 안건이 함께 터지면서 귀족들이 살라반 측에게 붙기 시작할 거야.'

자일에게 결정타를 먹이기 위해 지금까지 아껴 뒀던 패를 꺼내기 시작했다.

이제 청소부가 누구인지 자일은 알게 될 테지만 페르노크는 신경 쓰지 않았다.

잘 익은 보물을 수확해서 귀환하면 됐으니까.

어차피 이쯤 되면 자일은 살라반을 신경 쓰느라 페르노크를 견제하거나 훈계할 전력을 낭비할 여유조차 없을 것이다.

'중립파를 신경 쓰느라 발등에 불이 떨어지겠군.'

중립파는 고고한 왕족이 돈으로 귀족들을 매수한다는 사실을 반기지 않는다.

심지어 국가의 보물인 마력포를 멋대로 개조해서 사리

사욕을 채우려던 행위를 경멸할 것이다.

누가 왕이 되더라도 국력이 쇠하지 않기만을 바라던 중립파도 이젠 선택해야 한다.

'조한이라는 승부수를 두고 패한 순간, 중립파의 마음은 현군에 가까운 살라반에게 향한다.'

살라반은 지금 루트밀라와 중립파를 설득 중이었고, 페르노크에게 한 가지 전권을 맡겼다.

"S급 길드 창설은 이제 페르노크 길드장님께서 거머쥐실 겁니다. 그러니 네임드를 끌고 오십시오."

3왕자와 4왕자가 충돌했을 때, 페르노크가 최대한 온전히 세력을 흡수할 수 있도록 중간에 개입할 명분을 만들어 줬다.

게다가 조한 생포 건에서 함께 활약했던 6레벨 마법사 2명과 5레벨 마법사 10명이 페르노크와 함께한다.

확실한 무력으로 모든 사태를 진압할 수 있게 된 것이다.

페르노크가 웃으며 말했다.

"이만 돌아가도록."

"예."

페르노크가 손가락을 튕기자 그에게 걸렸던 암시가 풀렸다.

"어?"

메마른 소리로 주위를 두리번거리던 그가 고개를 갸웃했다.

왜 자신이 이곳에 있는지 모르겠다는 그의 반응을 안주 삼아 페르노크가 맥주를 홀짝였다.

* * *

때아닌 밤에 창고가 불타올랐다.

"습격이다!"

"불을 꺼! 어서!"

식량과 약품을 보관한 곳이었다.

향후 위의 왕자들과 사투를 대비하며 쌓아 놓은 보급품들이 한순간에 잿더미로 화하자 이솔룬이 분개하여 외쳤다.

"한 놈도 놓치지 마라!"

길드들이 사방으로 움직였고 성을 넘어선 그들은 일단의 무리들과 맞닥뜨렸다.

"쳐라."

뤼겐이 직접 검을 뽑으며 소리치니, 상단의 마법사들이 길드들을 습격했다.

바르사단이 해외에서 데려온 마법사들의 숫자는 길드를 압도하고 있었다.

쾅쾅!

한밤에 굉음이 울려 퍼지자 전장으로 뒤바뀐 황야에 나선 이솔룬이 눈을 부릅떴다.

"이게 무슨 짓입니까!"

뤼겐이 손을 들자, 황기가 올라가며 마법사들이 물러났다.

"나야말로 묻고 싶구나. 왜 내 창고를 습격한 거지?"

"이 밤에 무슨 헛소리요!"

"시치미 떼지 마라! 네놈의 마법사 중에 마력 회로를 태워 버리는 독특한 마법을 구사하는 놈이 있을 터!"

이솔린이 영문을 몰라 할 때, 루인이 앞으로 나섰다.

"나를 찾는 것인가."

"그래, 네놈이 네이아렸다."

"초면인데 어찌 입을 함부로 놀리시오?"

루인이 지팡이를 땅에 내리꽂자 상단의 마법사들이 비틀거렸다.

마력에 개입하는 모습을 확인한 후 뤼겐이 입매를 틀었다.

"조한, 네놈이 빼돌렸지?"

"그게 누구요?"

"시치미 떼도 소용없다. 마법사의 내부를 태운 흔적은 지금 이 시국에 너뿐이야."

"착오가 있는 것 같은데, 오늘은 이만 물러나는 게 어떻겠소."

"하하하하하하하! 그럼 너 하나만 나를 따라와라. 내 추측이 틀렸다면 이솔룬에게 머리 박고 사과하마."

이솔룬이 네이아 옆을 지키며 외쳤다.

"지금 내 심복을 데려가 고문이라도 하겠다는 겁니까!"

"그래, 그렇게 나올 줄 알았다. 넌 예전부터 그랬어! 다른 형님들 앞에선 고개 숙이면서, 내가 지나가면 항상 넘어뜨릴 것처럼 의욕을 불태웠지."

뤼겐이 콧김을 내뿜으며 크게 외쳤다.

"네이아를 가져와라! 방해하는 놈들은 모두 죽여라!"

"네이아 경!"

루인은 입을 다물고 지팡이만 휘둘렀다.

침묵은 의심을 낳게 한다.

'왜 시체에 마력 회로를 태운 흔적을 남겼나 했더니, 이런 식으로 두 왕자를 격분시키기 위함이었구나.'

페르노크에게 대략적인 상황은 들었다.

자일이 이곳에 관심을 두지 못하도록 흔들었고, 성미 급한 뤼겐을 충동질시켰다고.

'한 번 흥분하면 앞뒤 안 가리고 뛰어드는 뤼겐은 분명 끝을 보려 할 터.'

이후 벌어질 일은 안 봐도 훤하다.

양측의 전력이 피폐해진 순간 페르노크가 나타나 정리할 것이다.

'3왕자의 세력을 좀 더 깎아 놓으면 리오의 상단도 조금 편해지겠지.'

웃음을 삼키며 루인은 상대 마법사들의 마력을 역류시켰다.

"커헉!"

터져 나오는 비명과 핏방울을 뤄겐이 목격한다.

그의 분노가 확신을 더 하여 화산처럼 터져 나온다.

"죽여!"

뤄겐에겐 자신을 뒤흔들었다는 명분이.

이솔룬은 뤄겐을 막아야 한다는 대의가.

사소한 것에서 촉발된 전쟁은 심화되어 양측의 세력이 복잡하게 얽혀들었다.

그 틈에서 루인은 최대한 길드 세력을 보존시키는 데 집중했다.

"헉, 헉!"

대화가 통하지 않는 분노는 삼 일 밤낮을 가리지 않고 이어졌다.

"저 망나니 같은 놈."

이솔룬이 이를 갈며 반지를 끼웠다.

"벌써 쓰실 겁니까?"

"방법이 없어요. 저놈들이 우리 식량 창고를 모두 태워 버리는 바람에 장기전은 불리해집니다."

"하지만 그건 다른 왕자님들과 싸울 때까지 아끼기로

하셨잖습니까."

"뤼겐이 그 첫 단추가 될 겁니다!"

이솔룬이 지쳐가는 아군들을 보다못해 반지를 발동시켰다.

거대한 안티 매직 필드가 펼쳐지고, 뤼겐의 마법사들이 무력화된 그 순간.

히히히힝!

말이 투레질하는 거친 소리에 이솔룬의 표정이 굳어졌다.

"중갑기병. 이 빌어먹을……."

라모스탈 상단의 자금력은 이솔룬의 예상을 아득히 뛰어넘었다.

무려, 중급 마물의 소재로 갑옷을 차려입은 기병대 오백이 튀어나왔다.

"진정 다 죽자는 거요!"

"끝은 봐야지!"

"전하께서 이 일을 좌시할 거라 생각하오!"

"네가 아우들을 쓸어버린 건 당연한 일이고?"

이솔룬이 얼굴을 일그러뜨리며 소리쳤다.

"네놈이 아무 명분도 없이 우리를 죽이러 오지 않았더냐!"

"이솔룬! 네가 청소부로 상단을 습격한 일을 아직도 부정할 생각이냐!"

뤼겐이 직접 적기를 들어 올렸다.
"다 죽여!"
이솔룬 측의 마법사들도 계속된 연전 끝에 마법 발동이 불가능해진 상황.
모래를 일으키며 달려오는 묵직한 기병대 앞에 짓밟힐 거란 아찔한 상상이 드리우는 듯했다.
양측의 거리가 좁혀진 그 순간.
쾅!
대검이 기병대와 길드 사이에 경계선처럼 떨어졌다.
"어명이다."
두 세력이 동시에 북쪽 언덕을 바라보았다.
네임드의 깃발을 휘날리며 한 사내가 천천히 걸어 내려오고 있었다.
"S급 길드 창설을 허가받았으니, 내 일이 끝나기 전까진 어느 누구도 이 전장에서 검을 뽑지 못한다."
페르노크가 지면에 꽂힌 아티펙트 대검을 틀어버린 순간, 안티 매직 필드가 산산이 부서졌다.

* * *

"갑자기 난입해서 무슨 헛소리야!"
뤼겐이 반발하듯 소리치자, 페르노크가 대검을 지면에 내리찍었다.

콰앙!

대검에서 시작된 균열이 사방으로 퍼져 뤼겐과 이솔룬 사이에 경계선을 그었다.

"전하께서 이르시길, 용병들의 행태가 난잡하여 왕실의 권위가 추락하고 있다. 이에 페르노크 길드장을 위시한 네임드 길드로 하여금 작금의 혼란을 수습하라 명하셨습니다."

"어디서 말도 안 되는 헛소리를 지껄여!"

"살리오, 엔리!"

살리오와 엔리가 각자 문서를 가지고 뤼겐과 이솔룬에게 접촉했다.

문서를 넘겨받은 두 사람이 표정을 딱딱하게 굳혔다.

페르노크의 말처럼 전속 계약 해지와 길드 통합 안건에 대한 내용이 적혀 있었기 때문이다.

'이 상황에서 협상으로 넘어가게 된다면…….'

이솔룬의 안색이 창백하게 질렸다.

"계약은 개인 간의 거래요! 아무리 전하의 명이라도 이는 받아들일 수 없소!"

"물론, 계약은 자유요. 하지만 도가 지나치셨소. 지금 몇 개의 영지가 쑥대밭이 된 건지는 알고 있는 것이오?"

이솔룬이 입술을 질근 깨물었다.

"언제부터 왕위 계승이 전쟁으로 확산되었단 말이오! 사태가 이리 악화되면 제르모프 경이나 루트밀라 공작님

같은 분들이 나서게 된다는 걸 정녕 모른단 말이오!"
"마도사는 이 일에 간섭할 생각이 없소!"
"S급 길드는 그저 경고일 뿐이지. 만약, 여기서 계속 내 대화를 가로막는다면 윗분들이 나설 것이오."
페르노크가 뤼겐과 이솔룬을 번갈아 보았다.
"지금 이 사안은 전하께서 하명하시고, 군부 총사령관이 승인하였으며, 이젠 내가 이어받았소."
그리고 모두에게 들으라는 듯 크게 소리쳤다.
"길드들은 택하라! 나를 따르겠는가! 이곳에서 야인이 되어 죽겠는가!"
뤼겐이 한 발자국 물러났다.
'차라리 잘됐어. 이대로 용병들이 와해된다면 이솔룬의 세력은 붕괴된다.'
반면, 이솔룬은 다급해졌다.
'안 돼. 여기서 끝낼 수 없어!'
그가 다급히 안티 매직 필드를 새로 발동하려 할 때였다.
루인이 이솔룬의 손목을 잡고 고개를 저었다.
"기울었습니다."
"아니되오! 네이아 경!"
"왕자님, 어차피 여기서 페르노크 길드장의 조건을 받아들이지 않으면 3왕자에게 무참히 깨져 나갈 겁니다. 하지만 저 조건을 받아들인다면 왕자님은 사실 수 있습니다."

“그게 무슨 말이오! 나는 물러설 생각이 없소!”

“후일을 도모하십시오. 지금은 때가 아닌 듯합니다.”

“네이아 경!”

“하오나 저는 마지막까지 활로를 찾겠습니다.”

그리고 루인이 결연한 표정으로 앞에 섰다.

“나 또한 A급 길드들을 통솔하고 있는 몸. 하니, 온전한 통합을 위해서 각자의 역량을 증명하는 게 어떤가.”

“나와 대련이라도 하자는 거야?”

“S급 길드의 탄생이다. 길드장은 당연히 강해야 하지 않겠어?”

루인이 지팡이를 들어 올렸다.

페르노크가 의아한 기색을 담았다.

이건 예정에 없는 내용이었기 때문이다.

“나를 꺾는다면 네 뜻대로 해도 좋다. 어찌하겠나.”

지팡이에서 거대한 마력의 막이 생성된 순간 페르노크는 이것이 자신을 향한 시험임을 깨달았다.

‘부유하는 성을 떠난 이후로 처음인가. 루인과 맞대결하는 건.’

루인은 그때보다 페르노크가 얼마나 강해졌는지 확인하고 싶어 했다.

‘고약한 장난질이군.’

페르노크가 대검을 들어 올렸다.

“틀린 말은 아니군. 그럼 증명하지.”

두 사람의 마력이 부유하는 성에서의 대련했던 것처럼 폭등했다.

하지만 루인의 막은 그때보다 더욱 진하다.

잘못 내디뎠다간 그대로 침묵에 삼켜진다.

'진정, 마도사에 이르렀는지 확인하겠습니다, 왕자님.'

페르노크의 대검이 섬광을 머금고 허공을 가른다.

루인은 막을 짙게 다듬어 페르노크의 눈을 가렸다.

'처음 산에서 나는 이것을 돌파하지 못했다.'

언제 마력에 삼켜졌는지도 모르고, 같은 길을 계속 돌다가 끝내 관찰안으로 이상 현상을 파악했다.

그러나 이제는 관찰안을 사용하지 않았음에도 루인의 막이 온전히 느껴진다.

마력을 사용하는 순수한 마법사의 자세로 산맥을 넘어 이곳에 도달하는 과정을 대검에 담아 결과로 증명했다.

콰드득!

섬광이 막을 찢고 어두운 시야를 넘어 마침내 루인의 목 끝에서 멈췄다.

"그거 아십니까."

루인이 싱긋 웃었다.

"제가 성 주위에 펴 놓았던 결계는 마도사가 아니라면 절대 뚫지 못했을 겁니다. 그때는 요행으로 돌파한 것 같았는데, 지금은 확실한 실력입니다."

루인이 입술을 깨물어 일부러 피를 흘렸다.

"일루미나로 가시지요, 왕자님."

합격이다.

그 말 한마디가 가슴에 울려 퍼졌다.

"쿨럭!"

루인이 심한 내상을 받은 척 뒤로 쓰러졌다.

"네이아 님!"

길드장들이 달려와 쓰러진 네이아를 부축했다.

자드와 조디악을 포함한 A급 길드장들은 페르노크에게 무거운 시선을 보냈다.

"너희들의 뜻대로 하거라."

루인은 그 말을 남기고 눈을 감았다.

페르노크가 터져 나오려는 웃음을 참으며 애써 근엄하게 말했다.

"내상이 심하다. 가서 치료하도록."

"젠장!"

씹어뱉듯 소리친 자드가 네이아를 업고 이솔룬에게 돌아갔다.

4왕자 파벌의 낯빛이 어두워졌다.

반면, 뤼겐의 기세는 하늘을 찌를 듯했다.

"이솔룬! 이제 잠자코……!"

"왕자님, 최근 라키스 제국이 르젠을 노린다는 말을 들어 보셨습니까?"

페르노크가 무심히 찌르고 들어온 말에 뤼겐이 입을 벙

긋거렸다.

라키스라는 단어에서 녹스가 바로 연상되었기 때문이다.

"아시다시피 르젠은 라키스의 영향력이 적습니다. 일루미나처럼 흔들리지 않고, 자국의 힘으로 번성하려는 의지가 강하죠. 자일 왕자님의 외교적인 수완이 여기서 빛을 보고 있습니다."

페르노크가 뤼겐을 응시했다.

"강대국에게 틈을 허용하지 않고 휘둘리지 않거든요. 한데, 최근 심상치 않은 말이 들려옵니다. 라키스 제국의 실력자들이 연달아 르젠을 혼란으로 밀어 넣는다는 소문이지요."

"그, 그게 나와 무슨 상관인데!"

"3왕자님께서도 알고 계신 내용일 거라 생각해서 말씀드려 본 것뿐입니다. 왜 그리 당황하십니까?"

"내, 내가 언제 당황했다고! 크흠, 그래서 뭐 어쩌라는 거야?"

"행여나 라키스의 꼭두각시가 되려는 왕족은 용납하지 말자는 겁니다."

뤼겐이 몸을 움찔했다.

"사람은 급해지면 어떤 일이든 마다하지 않죠. 4왕자님과 사이가 나쁜 건 알겠지만, 왕실에서 우려하는 '라키스'라는 단어가 들리지 않도록 이즈음에서 마무리 지었으면 합니다."

"그것도 전하의 뜻이냐."

"글쎄요. 저는 왕자님들과 왕실에서 내려온 내용을 그대로 읊은 것뿐입니다."

뤼겐이 어금니를 꽉 깨물었다.

3왕자 파벌이 앞으로 나서려 하자, 페르노크가 대검을 땅에 찍으며 엄히 고했다.

"아직 길드들의 의중을 듣지 못했소. 우리에게 중요한 순간이니, 방해한다면 네임드는 최선을 다해 막을 것이오."

페르노크에게서 마력이 흘러나오자, 3왕자 파벌이 뒤로 물러섰다.

"왕자님, 계속하시겠습니까?"

라키스와 S급 길드.

복잡하게 얽힌 두 단어가 주는 무게감에 뤼겐이 이를 악물었다.

"물러난다!"

페르노크가 피식 웃으며 목례했다.

뤼겐은 부상자를 수습하는 내내 이솔룬을 노려보았고, 물러실 기미를 보이지 않자 결국 자리를 떴다.

페르노크는 허망해 보이는 이솔룬에게 다가가 속삭였다.

"살라반 왕자님의 전언입니다. 이제 그만 헛된 꿈에서 벗어나라 하시더군요."

멍한 이솔룬에게 페르노크는 서늘한 눈으로 말했다.

"그 반지 하나로 모든 상황이 해결되리라 믿으셨다면, 왕자님께선 터무니없는 망상에 빠져 계신 겁니다. 왕좌는 결코 준비되지 않은 자를 허락하지 않습니다."

이솔룬은 아무 말도 하지 못했다.

루인은 중태에 빠졌고, 길드는 혼란하여 병사들에게 소란이 전파되었다.

뤼겐은 떠났지만 페르노크가 오면서 그의 세력은 이제 막을 내리고 있었다.

* * *

병석에서 일어난 루인은 시나리오를 그대로 이행했다.

그를 스승처럼 받드는 모든 용병들에게 페르노크를 따르는 것이 백번 옳다고 설파했다.

"이미 운명은 4왕자를 떠났네. 너희들이 살아남으려면 왕실에서 내린 S급 길드의 손을 잡는 수밖에 없어. 페르노크를 따라가게. 아니면 모두 죽을 거야."

"네이아 님도 함께 가십니까?"

"나는 더 이상 어느 곳에도 머물고 싶지 않네. 페르노크 길드장과 겨뤄 보고 뼈저리게 느꼈어. 새로운 시대에 내 자리는 존재하지 않아."

살리오와 엔리도 길드장들을 설득하기 시작했다.

이솔룬은 혼란을 수습할 만한 능력이 없었다.

왜냐하면 이곳은 사실상 루인이 통솔하고 있었으니까.

구심점인 그가 모든 것을 포기한 순간 용병들은 삶을 갈구하기 위해 새로운 기회에 탑승했다.

“죄송합니다, 왕자님. 저흰 전속 계약을 해지하겠습니다.”

“네이아 님의 말이 옳습니다. 3왕자와 운이 좋아 겨뤘지만, 2왕자나 1왕자는 감당하지 못할 겁니다.”

“저희가 떠난다면 왕자님도 견제받지 않고 무사하시겠죠.”

“죄송합니다.”

한순간에 공든 탑이 무너지는 광경을 이솔룬은 침묵하며 바라볼 수밖에 없었다.

루인은 떠났고, 살리오와 엔리는 설득을 성공적으로 수행했다.

결국, 페르노크 앞에 모든 길드장들이 모였다.

“나도 이제 곧 2왕자와의 전속 계약이 끝난다. 하지만 그 대가로 우린 함께 모일 수 있게 되었지. S급이란 이름이 주는 무게감은 절대 너희들이 바라던 명예 못지않을 것이다.”

“우리의 권리를 보장해 준다는 말이 사실입니까?”

“물론, 자드와 조디악은 알겠지. 내가 한 입으로 두말하지 않는다는걸.”

자드와 조디악이 고개를 끄덕이자 다른 길드장들은 안도의 한숨을 내쉬었다.

"대신, 너희의 길드는 네임드의 편제에 맞게 새로 개편될 것이다. 덩치가 불어난 만큼 각자의 역할도 분명히 정리해 놓을 테니 반드시 준수하기를 바란다."

"……."

"불만 있나?"

"아, 아닙니다!"

페르노크가 피식 웃으며 말했다.

"롤랑이 죽고 공석이 된 자리엔 새로운 용병이 오르겠지. 조만간 십주회를 열어 그자들의 의중도 물어보겠다. 난 절대 어설픈 길드를 만들 생각이 없어. 너희에게 찬란한 미래를 보장하지."

"저, 한 가지 여쭤도 되겠습니까."

"뭐지?"

"2왕자님과 전속 계약을 정말 해지하실 겁니까?"

"왜? 계속 이 왕위 계승전에 참가하고 싶은가?"

"아, 아닙니다. 그…… 인연은 유지해 두면 좋지 않을까 해서요."

"다들 같은 생각이야?"

길드장들이 서로를 바라보며 눈치를 살피다가 고개를 끄덕였다.

배를 잘못 탔지만, 왕위 쟁탈전은 정말 매력적인 신분

상승의 방법이다.

'미련이 남은 모양이군.'

페르노크로선 반길 일이다.

그가 일루미나로 갈 때, 새로 합류한 길드장들을 어떻게 설득해야 할지 고민이었다.

하지만 다들 더 큰 명예를 바라고 이 판에 뛰어들 생각이라면 일루미나의 왕위 쟁탈전 설득이 수월해질 것 같았다.

"그대들이 바란다면 나도 한 번 더 고려해 보지."

"알겠습니다!"

"오늘은 이만 늦었으니 물러가고, 내일 바로 행장을 꾸려 산맥까지 간다고 생각하게."

"예!"

길드장들이 떠나고 난 자리에 리오가 들어왔다.

여전히 외형을 변경한 상태의 리오가 고개를 숙였다.

"승전을 축하드립니다."

"너야말로, 이곳에서 상단을 크게 일궜다며?"

"아직 부족합니다. 하지만 페르노크 님께서 도와주신 덕분에 라모스탈의 거래처를 몇 곳 가져올 수 있었습니다. 그를 바탕으로 이곳에서 좀 더 상단을 키워 볼까 합니다."

"갈룬 광석 때문인가?"

"나중에 가치가 오를 몇 가지 상품들을 파악해 뒀습니

다. 르젠은 강대국의 영향력을 좋아하지 않는 곳입니다. 군수품 확보에 큰 도움이 되겠죠."

"뜻대로 하거라."

"감사합니다. 그리고 이번 전리품들은 루인 님께서 성으로 가져가셨습니다."

왕자들에게서 빼앗은 전리품들이 쏠쏠했다.

이솔룬의 반지는 어머니의 유품이라 빼 올 방법이 마땅치 않아서 포기했다.

하지만 A급 길드들과 왕족의 숨겨진 보물들과 리오의 상단.

여기에 살라반의 막강한 신뢰와 루트밀라의 두터운 지지가 함께하면서 페르노크는 가히 르젠의 유일무이한 용병왕이 되었다.

네임드를 산맥에서 계속 단련시켰다면 수십 년은 걸렸을 세력 확장이 6개월 만에 이룩한 것이다.

"이종족에 대한 건도 루인에게 얘기해 뒀겠지?"

"예. 라이오닉이 안정화되는 대로 성을 해협 너머로 시범 가동할 거라고 하셨습니다. 그리고 성에 연구소 직원들과 땅굴족을 데려오면 어떻겠냐고 물어보시더군요."

"성의 시설들을 가동시킬 생각인가……."

고민하던 페르노크가 고개를 끄덕였다.

"식료품과 광석을 함께 실어 보내도록 해."

"알겠습니다. 그럼 산맥으로 바로 귀환하실 겁니까?"

"작업을 마무리해야지."

무엇이 떠오른 듯 리오가 물었다.

"살라반과 손을 잡으실 생각이십니까?"

"근래 들어 나를 의존하는 경향이 커지기 시작했어. 자발적으로 내 품에 들어오겠다는데 어쩌겠나."

페르노크가 씨익 웃었다.

"살라반과 루트밀라를 손에 쥐고 흔들어야지."

5장. 부유하는 성

부유하는 성

처음부터 살라반을 여정에 포함시킬 생각은 없었다.

하지만 청소부로 활동하면서 그가 보인 애정은 가히 맹목적일 정도의 신뢰였다.

뿐만 아니라 살라반 파벌은 페르노크가 본격적으로 정체를 드러내 놓고 다니자 적극적인 지지를 드러냈다.

루트밀라는 페르노크와의 대련을 손꼽아 기다리며, 자주 식사 자리를 가질 정도였다.

살라반 파벌은 페르노크를 자신들의 공동체로 여긴다.

그렇다면 페르노크도 생각을 바꿀 수밖에 없다.

"르젠에 감시역 하나는 만들어 둬야지."

그들을 모두 제 뜻대로 움직이는 협력자로 탈바꿈시킨다.

그를 위한 패 하나가 지금 페르노크에게 주어져 있었다.

* * *

자일이 연이어 터진 사건에 곤욕을 치르고, 뤼겐과 이솔룬이 서로 반목하여 세력을 깎아 먹었다.

루트밀라의 후광이 없었다면 왕위 구도에서 탈락했을 거라 여겨지던 살라반에게 중립파의 지지가 쏟아지기 시작했다.

살라반이 넘쳐 나는 호의에 미소가 떠나질 않던 어느 날.

페르노크가 조용히 살라반과 루트밀라를 불렀다.

원형 테이블에 술을 준비한 페르노크의 표정이 무겁다.

“이제 곧 왕자님과의 계약도 끝나는군요.”

살라반의 가슴 한구석이 뜨끔해졌다.

전속 계약 기간이 지날 동안 페르노크의 마음을 돌리지 못한 점이 새삼 아쉬웠다.

“나는 이미 그대에게 다 주었습니다. 하지만 길드장님만 괜찮다면 이 관계를 좀 더 이어 나가고 싶습니다.”

“왕실과 관여되지 말라는 전하의 명이 있지 않았습니까.”

“S급 길드장이 아닌, 페르노크라는 사람과 함께하고 싶은 겁니다.”

루트밀라도 의견을 덧붙였다.

“용병이 왕실과 연루되어선 안 된다. 달리 해석하면 무력시위가 아닐 경우 자리를 마련해도 괜찮다는 뜻이지.”

“두 분의 뜻은 알겠습니다. 그럼 지금부터 제가 하는 말은 두 분의 가슴에만 품어 주실 수 있으시겠습니까?”

예사롭지 않은 분위기에 살라반과 루트밀라가 얼굴을 굳히며 말했다.

“내 이름을 걸고 약속하겠습니다. 이곳에서 무슨 일이 있건, 저만 알겠습니다.”

“나도 마찬가지네. 한데, 이 좋은 날 대체 왜 그리 어두운 표정인가?”

“이제부터 제가 걸어야 할 길이 혹여 두 분께 폐가 될지도 모르기 때문입니다.”

페르노크는 잠시 숨을 고르며 두 사람의 눈치만 살폈다.

어떻게 말을 열어야 할지 모르겠다는 듯 술잔을 만지작거리다가 이내 조심스럽게 말했다.

“사실 저는 일루미나 왕의 사생아입니다.”

두 사람의 눈이 화등잔만 해졌다.

“일루미나의 1왕자가 제 가슴에 검을 꽂아 넣었고, 운 좋게 살아남아 마법을 각성한 저는 산맥에 흘러들었습니다. 그리고 제 슬픈 운명에 저항하고자 길드를 설립했죠.”

적당히 신파를 가미해서 이야기를 과장했다.

"저는 S급 길드라는 타이틀을 가지고 일루미나로 돌아가 모든 것을 바로잡으려 합니다."

두 사람은 어느새 탄식까지 터트리며 페르노크 신파극에 귀를 기울였다.

'구미가 당겨서 못 참겠지?'

일부러 일루미나 왕국의 1왕자를 거론했다.

페르노크가 자일과 친밀한 관계의 그를 노린다면, 살라반도 귀가 쫑긋할 수밖에 없다.

"저 또한 왕위를 노릴 것입니다."

페르노크가 쐐기를 박았다.

살라반에게 가장 부족했던 것.

그것은 국경을 맞대고 있는 일루미나와 얼마만큼 우호적인 관계를 끌어낼 수 있느냐.

대세가 살라반 쪽으로 기운다지만, 아직도 자일은 외교적으로 탁월하다는 평가를 받는다.

원로 귀족들에게 자국의 평화는 왕권보다 우선시해야 할 사안.

그 물꼬를 터 줄 존재가 눈앞에 나타났으니 살라반은 군침을 흘릴 것이다.

"그럼 길드장이 아니, 왕자가 내 밑에서 청소부로 생활한 이유가 뭡니까?"

호칭이 달라졌다.

살라반이 제대로 걸려들었다.

“처음부터 의도적으로 접근하지 않았습니다. 저는 산맥을 정복한 후 일루미나로 가려고 했죠. 그런데 왕자님을 만나게 된 겁니다.”

“그렇죠. 처음부터 제안은 제가 했었습니다.”

“운이 좋다고 생각했습니다. 감히 왕자님의 처지가 저와 다르지 않다고 생각해서, 원대한 꿈을 품었습니다.”

“그게 왕위입니까?”

“지금 제게 주어진 건 오직 길드와 명성뿐입니다.”

“그것만으로 왕위를 노리기엔 턱없이 부족합니다.”

“알고 있습니다. 그럼에도 해야 할 일입니다.”

“길드의 모두가 이 사실을 알고 있습니까?”

“측근들은 다 압니다. 새로 합류한 이들도 아직은 명예욕이 많으니 곧 설득할 생각이죠.”

살라반과 루트밀라가 서로를 보았다.

순간, 많은 눈길이 오가고 두 사람이 고개를 끄덕였다.

페르노크의 실력과 세력 그리고 사생아라는 신분.

종합적으로 고려한 결과, 절대 놓쳐선 안 된다고 판단한 것이다.

“그럼에도 부족합니다.”

“하하하, 힘은 계속 길러 봐야죠.”

“지금 왕자님께 필요한 건, 든든한 아군 아니겠습니까.”

“세상에 제 편이 되어 줄 사람은 없습니다. 해서, 제가 제 사람들을 만든 거고요."

살라반이 고개를 저었다.

"우린 함께 어려운 길을 헤쳐 나왔습니다. 저는 친구라고 생각했는데, 왕자님은 저를 남으로 보신 겁니까?"

"예?"

"자일이 일루미나의 1왕자와 그랬듯, 저 또한 왕자님과 더 가까운 사이가 되고 싶습니다."

"그 말씀은……."

살라반이 페르노크를 응시하며 힘껏 말했다.

"저는 왕자님과 끝까지 가고 싶습니다."

"……!"

"계약이 아닙니다. 지금까지 함께한 서로의 신뢰를 바탕으로 약속하자는 겁니다. 우린 서로가 서로에게 부족한 부분을 채워 줄 수 있는 사람들이니까요."

루트밀라도 거들었다.

"혹여 국가 간의 분쟁이 발발한다면 제가 직접 나설 수 있습니다. 파병에 대한 권한도 저에게 있죠. 그러니 페르노크 왕자님께서 하시는 일이 원만하도록 지원해 드릴 수 있습니다."

페르노크가 침음을 삼켰다.

애써 흔들리는 척, 술만 벌컥 들이켜자 살라반과 루트밀라는 간절히 그를 보았다.

'일루미나는 사생아에게도 1번의 기회를 준다!'

'페르노크는 믿을 수 있는 자야. 그에게 많은 힘을 실어 준다면 자일의 영향력도 줄어들게 된다. 그리고 만약, 페르노크가 왕이라도 된다면 양국의 관계는 더없이 우호적으로 발전하겠지.'

생각지도 못한 보물이 눈앞에 망설이고 있었다.

어떤 제안과 조건으로 그를 혹하게 만들어야 할까.

골머리를 앓는 두 사람에게 페르노크는 옅은 미소를 지으며 말했다.

"두 분의 뜻이 정 그러하다면 저도 마다하지 않겠습니다. 다만, 조건이 있습니다."

"말씀하시오!"

"평소처럼 편하게 부르십시오. 저는 이제 막 길드를 통합한 길드장에 불과합니다. 그에 걸맞은 예우는 제가 일루미나를 거머쥔 뒤에 해 주십시오."

살라반과 루트밀라가 환하게 웃었다.

'됐다.'

이 정도 비위를 맞춰 줬으니 이제 이들은 자신이 필요한 것을 언제든지 지원해 줄 적극적인 협력자가 될 것이다.

"우선, 길드를 이끌고 산맥에 돌아가 다시 힘을 키우려 하는데, 아직은 전력이 생각만큼 안 됩니다."

페르노크가 가볍게 찔러 보자, 루트밀라가 웃으며 반응했다.

"내 휘하의 마법사들을 자네에게 붙여 주지."

"공작님의 직속 사병들을 말입니까?"

"전부 내어 줄 순 없으나, 자네가 비명횡사하지 않도록 단단한 방패가 되어 줄 걸세. 그들의 신분도 모두 감춰서 자네에게 보낼 테니, 적당한 길드를 만들어 흡수하는 식으로 그들을 데려가게나."

"저도 형님의 세력을 더 약화시킨 뒤에 그림자들을 보내겠습니다. 왕위 쟁탈은 정보전입니다. 결코, 불리하지 않도록 지원해 드릴 테니, 궁금한 것은 모두 그림자들에게 시키십시오."

페르노크가 치미는 웃음을 꾹 누르며 고개를 숙였다.

"감사합니다."

"고개를 드세요. 어찌 일국의 왕자가 쉽게 고개를 숙인단 말입니까."

페르노크가 고개를 들어 올리자, 살라반이 술잔을 내밀었다.

"왕자와 왕자로서. 서로의 왕위와 굳건한 동맹을 위해 전력으로 승부해 봅시다."

페르노크가 술잔을 받아서 들었고, 루트밀라가 기꺼워하며 축배사를 외쳤다.

그들은 이 관계가 오래가리라 생각했으나, 이 여정의 끝은 이미 페르노크가 정해 두었다.

* * *

약속했던 전속 계약 기간이 끝났지만, 공작가를 떠나는 내내 모두의 분위기는 화목했다.

루트밀라는 엄선한 사병들을 직접 데려와 페르노크에게 소개했다.

"일전에 자네와 함께 일을 진행한 친구들이네."

6레벨 마법사 2명과 5레벨 마법사 10명.

"협회 측에 몰래 길드 창설을 허가받았지. 적당한 시일 내에 자네가 거두어 가면 돼. 그리고 심부름꾼으로 쓸 노련한 병사들도 100명 정도 준비해 뒀네. 산맥에 바로 보냈으니 문전 박대하지 마시게나, 하하하하!"

"지원에 한없이 감사드립니다!"

"더 많은 것을 주고 싶네만 상황이 갑작스러워 내주지 못하겠군. 하지만 내가 전장에 참여할 명분만 만들어 낸다면 언제든지 자네와 함께 싸울 수 있음을 명심하게나."

왕위 쟁탈전에서 마도사가 뛰어들 판을 만들어 둬라.

일루미나의 마도사와 겨루어도 절대 밀리지 않을 거라는 루트밀라의 자신감에 페르노크가 싱긋 웃어 보였다.

"곧 찾아뵐 날이 올 겁니다."

"언제나 우리가 자네와 함께하고 있음을 잊지 마시게."

"지금까지 감사했습니다."

페르노크가 가볍게 목례하고 돌아섰다.

공작가 저택 밖에 네임드 길드가 기다리고 있었다.

“협회에서 보냈습니다.”

살리오가 공손히 붉은 천에 가려진 무언가를 내밀었다.

페르노크가 붉은 천을 걷어 내자 금빛 플레이트와 S급을 상징하는 새로운 휘장이 포개어 있었다.

S급 길드 네임드.

흑급 용병조차 가지지 못한 칭호를 얻게 된 순간, 두 눈을 반짝이는 길드장들에게 페르노크가 외쳤다.

“너희들은 모두 내가 무엇을 위해 이 자리까지 왔는지 알 것이다. 나는 오늘 하나의 목적을 이뤘고, 다음 단계로 넘어가려 한다. 빠질 녀석은 지금 말해라.”

페르노크가 살라반과 왕자간의 우의를 돈독이 다지는 사이, 살리오와 엔리는 흡수한 A급 길드장들과 앞으로의 일을 논의했다.

그들은 모두 페르노크가 일루미나의 사생아라는 사실을 알게 되었지만, 크게 당황하진 않았다.

오히려 자신들이 붙었던 왕자들보다 더 승산 있는 싸움을 할 거라는 기대감에 선뜻 합류 의사를 밝혔다.

롤랑이 사라지고 네이아가 없는 자리.

S급 길드장이 된 페르노크는 더욱 맹위를 떨치게 된다.

수많은 야인들이 그 밑에 몰려들며, 네임드는 더 크게 확장될 것이다.

전망 밝은 배에서 내릴 승객은 없었다.

그들은 각자 원하는 것을 제시했고, 페르노크가 모두 수용했다.

그 순간, S급 길드가 완성되었다.

마도사 페르노크.

6레벨 마법사 10명.

5레벨 마법사 50명.

4레벨 마법사 200명.

당장 일국의 후작가 서너 곳이 덤벼도 거뜬히 겨뤄 볼 만한 전력이다.

여기에 S2 마도사 루인까지 합류한다면 네임드의 전력은 국가와 전쟁을 불사할 정도가 된다.

하지만 페르노크는 이 정도에서 만족하지 않았다.

'일루미나라는 나라를 죄다 갈아엎어 버릴 힘이 필요해.'

반생자의 소원대로 일루미나의 왕족들을 몰살시킬 것이다.

그리고 그것은 나라의 근간을 모두 뒤흔드는 일.

애초에 페르노크는 일루미나를 그대로 이어받을 생각

이 없었다.

썩은 것들을 모두 도려내고 처음부터 자신만의 나라로 재탄생시킨다.

일국을 만들어 내는 일이다.

숱한 외압에도 흔들리지 않고 나아갈 힘이 필요했다.

'슬슬, 움직일 때가 되었지.'

아직 거두지 못한 하나의 패가 남아 있었다.

* * *

페르노크는 길드장들을 산맥으로 보내고 루인과 마주했다.

"저놈들의 실력을 좀 더 끌어 올려 줬으면 해."

"다소 혹독하게 몰아칠 텐데 괜찮으시겠습니까?"

이제 공식적으로 네이아는 사라졌다.

대신, S2의 마도사 루인이 나타난다면 길드장들은 압도적인 힘 앞에 더욱 단결할 것이다.

"방식은 당신에게 맡기지. 리오는 르젠에 남아 상단을 꾸려 나갈 테니, 산맥의 대소사는 모두 당신이 정하도록 해."

"페르노크 님께선 산맥에 계시지 않고요?"

"생각지도 못한 호박이 넝쿨째 굴러들어 왔거든."

"……?"

"저 먼바다의 끝. 인간이 모르는 특별한 종족들이 살고 있어. 그놈들을 내 휘하에 거둘 생각이야."

"하면, 배를 한 척 준비해야겠군요."

"이미 준비됐잖아. 아주 크고 웅장한 게."

"아!"

"라이오닉의 안정화 작업은 끝났나?"

루인이 자신 있게 답했다.

"1년을 잡았지만 생각보다 공허한 눈동자가 깔끔하게 정제되어서 보름 안에 모든 준비가 끝날 것 같습니다."

페르노크가 소리 내어 웃었다.

그들은 바다를 걸고 자신과 내기했다.

그 꿈이 얼마나 헛된 망상이었는지 보여 줄 시간이다.

"성을 준비해. 시범 운용 겸 그곳을 관리할 이종족들을 잔뜩 채워 올 테니, 다른 사람들 놀라지 않게 잘 말해 둬."

"제가 함께 가지 않아도 괜찮겠습니까?"

이종족의 특징은 간단하다.

강자존.

수하의 도움을 빌려 군림하는 군주를 그들은 인정하지 않는다.

오직 강한 군주 아래 굳건한 신뢰가 형성되는 법이니.

페르노크가 직접 나서서 그들에게 강함을 증명해야 옳다.

"나 혼자서도 충분해."

그 옛날 절망군주가 다스렸던 이종족의 힘을 이젠 페르노크가 거머쥘 차례였다.

＊ ＊ ＊

"오늘부터 너희는 나와 여행을 떠나게 될 거야."

페르노크는 거동이 불편하지 않거나, 긴 항해를 버틸 수 있는 땅굴족과 연구원을 데려왔다.

그리고 선발한 자들을 루인과 함께 성으로 안내했다.

"케륵, 케륵!"

"이곳이 하늘에 뜬다는 성……."

케이르와 연구소장이 놀란 눈으로 주위를 두리번거렸다.

여느 성과 다를 바 없어 보이지만 페르노크가 기능을 활성화시키자 색다른 빛이 흘러나왔다.

"와……."

거리 곳곳의 조명들이 색색의 빛을 발하고, 각 연구 단지로 흘러 들어간 마력이 자동으로 기능을 활성화시킨다.

"이게 전부 마력으로 돌아간단 말입니까?"

"이해하기 어렵나?"

"최근 제가 연구하는 충전형 마력석과 비슷한 구조로

보입니다만……."

그보다 몇 차원 진화된 방식이다.

라이오닉의 안정적인 마력 수급이 마력관을 타고 성에 스며들어 각 플랜트의 성능을 끌어 올린다.

"……놀랍네요. 아니, 미쳤습니다. 목재 하나 없는데 불까지 피워 올린단 말입니까!?"

대장간에 들어서자 케이르 못지않게 연구소장도 흥분했다.

마력이 담겨 있음에도 마법으로 피워 올린 불이 아니라는 점에서 경악한 모습이었다.

"케륵! 케륵!"

케이르는 바로 망치부터 쥐었다.

대장간을 둘러보는 두 눈이 놀이터에 온 아이처럼 반짝였다.

"철을! 철을 다오, 인간!"

"그 섬에서 가져올 테니, 당분간은 이곳의 활용법이나 익혀 두고 있어. 그리고 너희들이 머물 공간을 안내해 주마."

페르노크가 대장간을 떠나려 하지 않는 케이르의 뒷덜미를 붙잡고 연구소장과 거주 구역에 들어섰다.

"이곳에선 땅굴족이나 앞으로 합류할 뿔족 그리고 인간. 어느 누구 하나 차별하지 않고 자연스럽게 어울리도록 할 거다."

페르노크가 손가락을 튕기자 라이오닉이 반응하듯 거주 구역에 마력을 흘린다.

거리의 불빛이 반짝이고 오물 처리기가 가동하여 악취까지 함께 빨아들인다.

"위생을 중점으로 뒀지. 병이라도 나면 큰일이니까."

연구소장은 이제 넋이 나간 표정이었다.

온갖 플랜트를 지나 성루에 도착할 때쯤 되어서야 간신히 정신을 수습했다.

"이, 이런 굉장한 것들이 있는데 어째서 저를 데려오신 겁니까."

마력섬광포가 애들 장난처럼 보일 규모였다.

페르노크의 마력 충전 방식이라면 섬광포와 비슷한 물건을 만드는 건 일도 아닐 것이다.

"자네의 방식이 연금술과 닮아 있어서."

"제 지식은 이것에 비하면 보잘것없습니다."

"연금술의 극에 달한 자가 만든 성과 이제 막 지식을 깨달아 가는 자의 지혜가 같다고 보나."

페르노크가 성벽 곳곳의 빈자리를 가리켰다.

"난 자네가 저곳에 새로운 연금술을 채워 넣어 주길 바라고 있어."

"……!"

"연금술을 배워 보지 않겠나?"

마력섬광포의 이론을 보면서 문득 깨달았다.

연구소장의 이론이 연금술의 이론과 비슷한 측면이 있고, 마력을 실생활에 적용시킨다는 점에서 무척 잘 어울릴지도 모른다는 것을.

루인과는 이미 얘기를 끝냈다.

그도 보들레아가 죽고 나서 연금술의 맥이 끊긴 상황에 암울해했다.

페르노크 이외에도 연금술을 배워 나가는 자들이 있다면, 설령 그들이 거대한 전쟁에 희생되더라도 연금술은 절대 사장되지 않을 거라며 기뻐했다.

"제가 이런 위대한 지식을 배워도 되겠습니까?"

"다만, 마법사들과의 충돌은 불가피할 거야."

"상관없습니다. 저는 연구하는 사람일 뿐입니다."

"배움에 주저함이 없군."

"넓은 세상이 눈앞에 있는데 발을 딛지 않는 사람은 새로운 길을 개척할 자격이 없다. 제가 전임 소장에게 배웠던 말이죠."

페르노크가 피식 웃었다.

"연금술은 내가 하나씩 알려 주도록 하지. 괜한 말이 새어 나가지 않도록 일단은 자네만 알고 있도록."

"예!"

"그리고 마력섬광포 말인데, 연금술로 조금 개량해서 성에 배치해 두는 게 어떤가?"

"이 성에 방어 기능이 없습니까?"

"있지."

루인이라는 거대한 장벽이 있지만, 그는 이제부터 성을 떠나 바쁘게 움직여야 한다.

"하지만 라이오닉을 이용해서 성의 기능을 더 확장해야 해. 병기는 그것을 위한 초석이 될 거야."

"알겠습니다. 일단, 몇 정 가져온 게 있으니 알려 주신 방법대로 다시 개량해 보겠습니다."

"케이르와 함께하도록 해. 만들 거리를 던져 주면 아주 좋은 결과물을 가져다줄 테니."

"예!"

연구소장이 직원들과 마력섬광포를 가지고 땅굴족에게 향했다.

두 장인들의 협업을 힐끗 본 페르노크는 성의 중심부에 들어섰다.

루인이 라이오닉과 연결된 마력관들을 살피고 있었다.

"문제없겠지?"

"일단, 성의 마력 공급에 차질은 없을 겁니다. 하지만 이론으로만 전해졌던 터라, 실제로 비행이 가능할진 미지수군요."

"자신감을 가져. 보들레아의 이론은 틀리지 않았으니까."

"허허허허, 감사합니다. 그럼 언제 기능을 가동하실 건지요?"

"내일 저녁에 시작하지. 아, 바다로 나갈 때까진 당신이 이 성을 '가려' 줘야 해."

"알겠습니다."

갑자기 산이 들썩이며 하늘을 나는 성이 나타나면 온갖 소문이 삽시간에 퍼져 나갈 것이다.

페르노크는 사람 눈에 띄지 않는 곳까지만 루인의 침묵 마도술로 성을 가리려 했다.

'코어와 관은 이 성에 뿌리 박혔다. 이제 남은 건 상상이 현실로 이루어지는 모습을 기도하는 수밖에 없겠군.'

페르노크가 루인과 마지막까지 라이오닉을 점검했다.

창공의 눈물과 공허한 눈동자가 막대한 마력을 빨아들임에도 균열은 일지 않았다.

그리고 연구소장과 케이르의 개량형 마력섬광포 하나가 성벽에 배치될 즈음.

거대한 마력을 품은 성이 산에서 기지개를 일으켰다.

크그그그그궁!

천지가 진동하듯 굉음이 사방에 울려 퍼지고, 성의 하부에서 마력이 발산하여 추진력을 얻는다.

성루에 올라 상태를 살피던 페르노크가 씨익 웃었다.

"확실히 위업을 쌓을 만해!"

명계에 있는 보들레아가 밤하늘에 떠오른 성을 본다면 얼마나 거대한 기쁨의 소리를 지를까.

어느새 곁에 다가온 루인이 눈가의 습기를 훔쳤다.

"해냈습니다."

염원과 함께 사라져 버릴 꿈이 페르노크와 루인 손에서 부활하였다.

"아직 멀었어. 얼마나 장시간 이동 가능한지 살펴봐야지."

"허허허, 예. 천천히 아주 천천히 살펴봐야지요. 이 성이 바다 넘어 세상 모든 곳을 날아다니는 모습을……."

루인이 성루를 지팡이로 가볍게 두드리자 거대한 마력이 장벽처럼 덧씌워졌다.

눈 깜빡할 사이 성이 하늘에서 사라졌다.

침묵의 마법이 성의 소리마저 감췄다.

그러나 페르노크와 루인은 똑똑히 내려다보고 있다.

밤하늘 아래, 불빛처럼 반짝이는 여러 성들의 모습을.

그건 마치 새가 되어 구름을 날아다니는 기분이었다.

* * *

성의 부유 기능은 최대 일주일까지 사용할 수 있었다.

코어가 버텨 주고 있음에도 기능 연결관들에 부하가 걸려서, 하루는 지상에 착륙해 냉각 작업이 필요했다.

'좀 더 마력에 과열되지 않는 금속으로 코팅한다면, 부유 시간을 더 늘릴 수 있겠어. 땅굴족이 있으니 가능할 거야.'

성의 전반적인 기능을 점검하며 비행하니 어느새 바다에 이르렀다.

“그럼 못난 녀석들을 잘 꾸려 보겠습니다.”
“엄하게 다스려. 괜히 6레벨 마법사들이라고 봐주지 말고.”
“허허허, 한 놈이라도 7레벨로 끌어 올려 봐야지요.”
루인이 중절모를 눌러쓰며 성에서 걸어 나갔다.
페르노크는 다시 성을 띄워 바다를 비행했다.
처음에는 덜덜 떨던 연구원들과 땅굴족도 신난다는 표정으로 성루에 올라 흘러가는 물결을 바라보았다.
출렁이는 바닷물이 기억을 자극한다.

[우린 분명 사람 냄새 나는 집을 찾게 될 거야.]

보들레아는 바다에 그들만의 왕국을 짓고 싶었다.
어느 누구의 차별도 받지 않고 조용하고 평온한 일상을 살아갈 수 있도록.
‘이것도 이것 나름대로 괜찮지 않겠나.’
페르노크가 명계의 보들레아를 떠올리며 땅굴족과 함께 어울리는 인간을 바라보았다.
이제부터 함께할 많은 이들이 이 성에서 보들레아의 뜻처럼 화합하며 나아가기를 바랄 뿐이다.
“케륵! 폭우!”
망망대해를 날아가던 중이었다.
케이르가 먹구름 떼를 가리키며 흥분했다.

"우리 날아간다!"

휩쓸릴까 봐 걱정하는 모습에 페르노크가 성의 기능을 발동시켰다.

어지간한 바람 마법에도 흔들리지 않을 외벽이 두텁게 세워졌고, 마력의 막이 성을 둥글게 감싸 안았다.

연구소장이 눈을 반짝였다.

"이건 또 뭡니까?"

"충전된 마력으로 머리 위를 보호하는 방법이다."

"어느 충격까지 버틸 수 있습니까?"

"6레벨 마법을 예상했지만, 자연재해는 모르겠군."

페르노크가 성루에 손을 얹어 마력을 흘려보냈다.

르젠의 마법사들에게서 얻은 방어 마법을 덧씌웠다.

성 전체를 감싸고도 마력이 남을 만큼 여유로웠으나, 폭풍우와 맞이하자 여유는 금세 가셨다.

쿠르릉, 콰앙!

인간이 건널 수 없는 바다라 하여 '통곡'이라는 이름이 붙였다.

통곡의 해협에 들어서자, 중심을 깨뜨리려는 천둥 번개와 폭풍이 사방에서 몰아쳤다.

'그놈은 대체 이곳을 어떻게 뚫은 거지?'

뾸족, 마티가 자신들만의 통로가 있다며 자랑했던 모습이 떠올랐다.

'폭풍우가 몰아치지 않는 특별한 날이라도 있는 건가.'

마티는 길을 알려 줬지만 어떻게 돌파해야 할지 말하진 않았다.

페르노크가 절대 뚫지 못할 거라고 생각하며 감히 얼씬도 말라는 뜻을 내비쳤다.

우우우웅!

그 모습을 비웃기라도 하듯이 페르노크가 성에 마력을 더했다.

라이오닉이 자극받으며 거대한 마력을 막에 흘려보냈다.

성은 흔들렸지만, 결코 무너지지 않았다.

반나절을 더 비행한 끝에 그들은 통곡의 해협을 벗어났다.

"세상에!"

그 너머의 바다는 에메랄드빛 광산 같았다.

무척이나 아름다운 물결 속에 물고기들이 돌아다니는 모습이 훤히 보였다.

인간의 손이 닿지 않은 바다가 일행의 시선을 사로잡고 있을 때였다.

저 멀리 목적지가 보였다.

마티가 알려 준 뿔족의 섬.

대륙보다 풍부한 마력이 멀리서도 눈에 띄었다.

대게 이런 곳들은 자원이 풍부하고 비옥한 토양을 자랑한다.

'저놈들이 비늘족이겠군.'

그 섬 주위를 빙글빙글 돌며 관찰하는 날카로운 시선들이 여기서도 느껴진다.

인간들로 치면 3, 4레벨의 마법사급이다.

"우선 저 섬 위에 성을 대기시키지. 착륙할 곳이 보이면 바로 내리겠다. 너희들은 혹시 모르니 성에서 계속 기다려. 여차하면 발포해도 좋다."

"예!"

"케륵!"

섬 주위에 바다 소용돌이가 있었지만 부유하는 성에겐 티끌도 닿지 못한다.

성은 유유히 바다를 가로질러 섬 위에 웅장한 자태를 드러냈다.

태양마저 가린 거대한 그림자에 놀란 뿔족이 튀어나왔다.

'좋군.'

덩치에 맞지 않게 날렵하고, 체내에 지닌 기운이 정순했다.

몇 가지 수련을 더 한다면 능히 제 몫을 다할 전사들로 보였다.

페르노크가 기분 좋게 웃으며 사뿐히 착륙했다.

"마티를 찾아왔다. 난 페르노크다."

"!@$!@$!$."

알아듣지 못할 말이 제일 큰 뿔족에게서 터져 나오자마자 다른 뿔족들이 날렵한 무기를 치켜세웠다.

그건 분명 땅굴족이 만든 무기였다.

“병장기는 제대로 만들고 있었군. 그런데 마티는 어디 있지?”

“!@$!$!”

큰 뿔족이 비명처럼 소리를 내지르며 달려들자, 페르노크가 피식 웃으며 발을 내리찍었다.

콰콰콰콰쾅!

모래사장에서 돌기둥이 솟구쳐 뿔족의 진격을 가로막았다.

놀란 뿔족들이 무기를 들어 올린 상태로 멈춰 서 있을 때였다.

“멈춰라!”

한쪽 머리의 뿔이 잘린 뿔족이 찾아왔다.

“적이 아니다!”

마티가 급히 손을 휘저으며 항변하니 다른 뿔족들이 조심스럽게 무기를 내려놓았다.

과연, 족장의 아들이란 설명은 거짓이 아닌 듯했다.

“오랜만이군, 마티.”

마티가 고개를 돌렸을 때, 페르노크는 그가 잘라 건네준 뿔을 들어 올렸다.

“약속대로 이곳은 오늘부터 내가 다스리겠다.”

대체 어떻게 이곳까지 왔단 말인가.

마티가 경악한 표정으로 태연한 페르노크를 바라보았다.

* * *

“야, 약속이라니?”

마티가 부정하려 하자 페르노크는 단호히 말했다.

“내가 저 바다를 건너오면 내 밑으로 들어오겠다며. 아니었나?”

“……!”

“이 뿔에 걸고 한 약속의 무게가 결코 가볍지는 않을 터.”

마티의 눈동자가 흔들렸다.

“어, 어떻게 왔나?”

페르노크가 손가락으로 위를 가리켰다.

그제야 그림자가 드리운 하늘을 본 마티가 두 눈을 부릅떴다.

“저게 뭔가!”

“부유성이라는 거다.”

“성이 뜬다고?”

“바다를 건너기만 하면 상관없다고 하지 않았나. 그래서 날아왔지.”

“……헉!”

페르노크가 마티에게 뿔을 던졌다.

엉겁결에 뿔을 받아 든 마티의 눈동자가 거칠게 흔들렸다.

믿을 수 없다는 표정의 그에게 페르노크가 단호히 말했다.

“뿔족들을 모두 불러 모아라. 한 식구가 될 사인데, 안면이라도 터야겠지.”

“자, 잠깐! 난 아직 족장이 아니야! 처음 약속도 족장님을 ‘설득’하는데 협력해 준다고 했던 거잖아! 시간을 다오!”

“착각하는 모양인데, 난 허락을 구하려고 여기 온 게 아니야.”

페르노크의 목소리는 나긋했으나 어조에 담긴 힘이 묵직했다.

마티는 심장이 조여 오는 것 같았다.

저도 모르게 무기를 꽉 움켜쥐어 보지만 함부로 나서지 못했다.

그저 웃고 있는 페르노크의 모습이 태산처럼 거대하게 보였기 때문이다.

“말은 내가 전할 테니 넌 옆에서 거들기나 해.”

페르노크가 재차 땅을 짓밟으니 새로운 돌기둥이 송곳처럼 솟아올랐다.

뾰족한 끝에 얼음 결정이 꽃송이처럼 피어오르니 서늘

한 마력이 주위를 감돌기 시작했다.

마티가 마른침을 꼴깍 삼켰다.

저 꽃송이가 활짝 피는 순간 어떤 참상이 벌어질지 상상도 가지 않았다.

"일을 어렵게 만들지 마라. 내 휘하로 들어올 사람들을 처음부터 엄히 다스리고 싶진 않으니."

페르노크의 마력이 꽃송이에 스며드는 순간이었다.

쿵쿵쿵!

거인이 지면을 내리찍듯 거친 울음을 동반한 무언가가 돌기둥을 부숴 나갔다.

"족장님!"

마티가 거대한 뿔족을 보자마자 창백하게 질렸다.

그자는 무려 네 개의 뿔을 가지고 있었다.

7m에 달하는 몸에 흉터가 가득했고 갈기는 철이라도 된 것처럼 빳빳했다.

양손에 코팅된 철 몽둥이를 들고 있었는데, 한 번 휘두를 때마다 돌덩이가 쉽게 바스러졌다.

마티의 아버지이자 이 섬을 다스리는 뿔족의 족장.

'6레벨 대지 마법을 쉽게 부술 정도면, 신체 능력만으로 가히 7레벨 마법사와 견주겠군.'

몸속에 강대한 마력이 분산되어 있다.

마력강체술처럼 마력으로 몸을 강화시키는 방법을 알려 준다면 비약적으로 성장할 탐나는 인재다.

"므오오오오!"

마티가 무어라 소리쳐도 족장은 멈출 기세가 없다.

마티의 잘린 뿔과 페르노크의 모습을 번갈아 보곤 눈이 뒤집혀서 모두 때려 부수며 달려온다.

'확실히 좋은 소재가 많단 말이야.'

저곳에 머뭇거리는 뿔족을 포함해 마력 활용법만 가르쳐 줘도 단시간에 급성장할 인재들이 수두룩하다.

'찾아온 보람이 있군.'

마티는 약속을 지킬 것이다.

하지만 그 신분이 아직 후계자에 불과하여 쉽게 결정을 내리지 못할 것도 예상했다.

'이제 이걸로 뿔족은 내 거야.'

하여, 마티를 몰아붙였다.

다른 뿔족들이 다급하게 뛰어들어서 협상에 유리한 고지를 점령하도록.

쩌저적!

페르노크가 손가락을 까딱거리자 송곳 위의 꽃송이가 활짝 펼쳐졌다.

암부의 다섯 별 중 한 명인 얼음을 다루는 7레벨 마법사의 냉기 마법.

꽃잎이 흩날려 닿는 순간 대상을 동결시킨다.

"므오오오오!"

족장의 팔과 다리가 새하얗게 얼어붙었지만, 살점이 뜯

겨 나가는 것도 아랑곳하지 않고 맹렬히 질주한다.

'재생?'

살점이 떨어져 나간 자리에 다시 새살이 돋았다.

다스리지 못하는 마력이 혼자 움직여 그의 치유력을 활성화시킨 것이다.

이런 자를 성장시키면 전장에서 얼마나 훌륭히 날뛸까.

"그 용맹함이 마음에 들었다."

"므오!"

기어이 페르노크 앞에 도착한 족장이 거대한 철몽둥이를 번쩍 들어 올렸다.

의도치 않게 활성화된 마력까지 더한 괴력이 폭풍 같은 기세로 날아들었다.

"좋군."

페르노크가 제자리에서 뛰어올라 몽둥이에 올라탔다.

족장이 팔에 핏줄까지 세우며 털어 버리려 하자, 페르노크는 물 흐르듯 미끄러졌다.

자연스럽게 팔뚝을 밟고 어깨에 올라타 족장의 옆머리를 후려 찼다.

쾅!

폭음이 터져 나오며 족장이 비틀거리다 주저앉았다.

정신을 못 차리는 듯 고개를 털어 내는 그를 내려다보며 페르노크가 손을 까딱거렸다.

"아직 혈기가 넘치는군. 교육이 더 필요하겠어."

"므오오오!"

족장이 새빨갛게 달아오르며 철몽둥이를 마구잡이로 휘둘렀다.

한 방 한 방이 어지간한 마법사를 으깰 정도의 위력이었다.

하지만 형과 식이 없고 중심조차 잡히지 않아 도리어 본인이 휘둘리고 만다.

좋은 무기에 타고난 신체 능력을 전혀 활용하지 못한다.

페르노크가 한 발자국 옆으로 물러서 땅에 꽂히는 철몽둥이를 무심히 바라보곤, 그대로 족장의 품으로 파고들었다.

꽈드득!

"……!"

족장이 피를 토하며 튕겨 나갔다.

복부에 소용돌이치는 주먹 자국이 남겨져 있었다.

'강한 자가 족장이 된다.'

강자존의 법칙.

그건 뿔족이라 하여 다르지 않을 터.

페르노크가 주위를 둘러보니 어느새 다른 뿔족들은 멍한 시선으로 쓰러진 족장과 그를 번갈아 보고 있었다.

"피를 쏟으니, 이제야 좀 머리가 맑아지셨나?"

족장이 피를 뱉으며 페르노크를 노려보았다.

하지만 여전히 몸을 일으키진 못한다.

뼈와 근육을 틀어 버렸기 때문이다.

"사람 말을 알아듣는 것 같은데, 내가 확실히 알려 주지."

보아하니 마티는 족장과 뿔족들에게 땅굴족을 데려가면서 페르노크와 했던 내기를 말하지 않은 듯했다.

그게 아니라면 인간을 보자마자 무기부터 들이대진 않았을 테니까.

"차기 족장께서 땅굴족을 데려가는 대가로 나와 한 가지 내기를 했다. 내가 이 바다를 건너 섬에 도착한다면 부하로 들어오겠다는 내용이었지."

"……사실이냐."

족장이 인간의 언어로 물어보자 마티는 사색이 되었다.

"길도 알려 준 것이냐?"

"아, 아닙니다!"

"그럼 저것 때문이겠군."

흥분이 가신 족장은 하늘을 보았다.

섬 위에 둥둥 뜬 거대한 성.

인간의 배로는 불가능한 통곡의 해협을 넘어설 수 있었던 건 바로 저 성 때문일 것이다.

"인간의 기술이 어느새 이토록……."

"저 성은 유일무이한 내 낙원이지. 한데, 인간을 본 적이 있나?"

"……땅굴족에게 먼저 무기를 받아온 건 나였으니까."

페르노크가 고개를 끄덕이며 주위를 둘러보았다.

시선이 마주친 땅굴족들이 몸을 움찔했다.

"인간과 약속한다는 의미를 잘 알겠군."

"적어도 당신이 우릴 죽일 생각이 없다는 건 알겠소."

"약속을 어긴다면 나는 이 섬을 차지하기 위해 무슨 짓을 벌일지 몰라."

"섬뿐만 아니라 우리 종족을 거둬들이려고 온 거잖소."

페르노크가 피식 웃었다.

"그 큰 머리로 고민은 끝났나?"

"끄응, 안으로 따라오시오."

기어이 피를 토하며 몸을 일으킨 족장이 크게 울부짖었다.

"므오오오오오오!"

모든 뿔족들이 무기를 내려놓고 길을 열었다.

족장의 비틀거리던 걸음도 어느새 안정되었다.

마력이 상처 입은 부위를 수복하여 뒤틀린 뼈까지 함께 맞춰 버린 것이다.

보면 볼수록 감탄이 나오는 종족 특성이다.

"너는 밖에 있어."

"족장……."

족장이 마티를 노려보았다.

마티가 고개를 푹 숙이고 물러났다.

그리고 족장은 페르노크와 동굴로 들어갔다.

* * *

"마티가 족장이었다면 바로 그대에게 복종했을 것이오."

"아마도, 그랬겠지."

"하지만 나는 아직 이 자리에서 내려올 생각이 없소. 비늘족에게서 이 섬을 지킬 때까진 싸워야 하오."

페르노크가 섬을 둘러싼 기운을 느끼며 물었다.

"땅굴족이 없으면 자원을 활용하지도 못하면서 왜 이 섬에 집착하는 거지?"

"이곳에 조상님들이 묻혀 계시니까. 고향을 지킨다는 건 그분들의 혼을 함께 계승한다는 의미요."

"나쁘진 않아. 하지만 힘이 없는 자가 뭘 말해도 공허하게 들릴 뿐이지. 뿔족은 열정과 이상만 넘치는 바보들의 집단인가?"

"우리를 모욕하지 마시오."

"비늘족을 전부 죽일 힘도 없으면서 무기만 갖추면 뭐든 할 수 있다고 생각하는 얼간이들에게 내가 기회를 주는 거야."

족장이 눈살을 찌푸리자 페르노크가 코웃음을 쳤다.

"난 마티가 족장이 될 때까지 기다려 줄 생각이 없어.

하지만 지금 당장 나와 함께하겠다면 내가 이 섬을 확실히 지켜 주지."

"그 대가로 무엇을 원하시오?"

"전쟁."

"인간들의 전쟁에 내가 도움이 될 것 같소?"

"몇 가지만 고쳐 주면 바로 실전에 투입할 수 있어."

"우리 뿔족에게 명예롭지 못한 싸움을 강요할 순 없소."

"지키기만 해선 아무것도 얻지 못해. 뭔가를 얻고 싶다면 먼저 나서야지."

족장의 미간이 꿈틀거렸다.

"내가 충분히 너희를 아우를 수 있다는 건 방금 보여준 것 같군."

"이 섬의 자원을 가져다 쓰시오."

"그럴 생각도 했었지만, 너와 부딪치고 생각이 바뀌었다. 너희까지 포함해서 데려간다. 다른 선택지는 없어."

"비늘족까지 감당할 자신은 있고?"

"그 비늘족도 내가 함께 거두러 왔지."

"뭐요?"

"아무렴 내가 이 거대한 자원을 운반할 심부름꾼 하나 두지 않으려 했겠나. 난 비늘족의 탁월한 기동성을 살려 이 섬과 내륙을 이어 버릴 생각이야."

"비늘족을 설득이라도 하려고?"

"비늘족의 전통을 잘 모르는 모양인데, 그쪽도 생리는 단순해. 결국, 강한 자가 우두머리거든."

"설마……."

절망군주는 비늘족을 어떻게 다스렸을까.

답은 간단하다.

"내가 그들의 우두머리보다 더 나은 족장이라는 걸 확인시켜 줘야지."

"비늘족은 물에서 당할 자가 없소."

"하하, 그런 안일한 생각으로 싸웠으니 당연히 궁지에 몰리지."

페르노크가 무심히 물었다.

"기회는 지금뿐이야. 합류해, 아니면 너흰 다 비늘족에게 물려 죽어."

비늘족은 하루가 멀다고 공세를 취해 온다.

아무리 무기를 만들어 싸운다지만 소수의 뿔족으론 한계가 있다.

그리고 느닷없이 찾아온 이방인.

족장이 침음을 삼키며 고민했다.

'하늘을 나는 성과 나를 가볍게 제압한 실력자. 땅굴족의 협력까지 얻고 있는 자를 마티가 만났다. 선조시여, 이것이 뿔족의 운명이란 말입니까.'

어디로도 피할 구멍이 없다.

비늘족에게 몰살당하느냐.

페르노크와 존속하느냐.

장고 끝에 족장이 답을 내렸다.

"이 섬이 안전해진다면 뿔족은 차기 족장의 약속대로 그대를 따르리다."

페르노크가 웃으며 몸을 일으켰다.

"그럼 바로 비늘족 청소를 시작해 볼까."

* * *

족장이 페르노크와 뿔족의 관계를 정리해서 설명했다.

뿔족은 침통한 표정이었지만 페르노크는 상관하지 않았다.

곧 그들의 얼굴에서 놀람과 환희가 뒤섞일 테니까.

"저쯤이 좋겠군."

페르노크가 동쪽을 가리키자 성이 그곳에 내려앉는다.

바닷물이 출렁이며 섬 옆에 또 다른 성이 세워졌다.

족장이 화들짝 놀랐다.

"그곳은 안 돼! 비늘족들이 뭉쳐 있는 구역이야!"

"알아. 저곳에 한 수백 마리 정도 있잖아."

"그런데 왜……?"

"물고기 사냥을 어떻게 하는지 아나?"

의아해하는 족장에게 보란 듯이 아티펙트 대검을 들어 올린 페르노크.

"수면째로 두들기는 거야."

그가 신호를 주기 무섭게 성에서 뿌연 섬광이 일었다.

콰콰쾅!

연금술까지 더한 개량형 마력섬광포가 수백 발의 포탄을 바다에 쏘아붙였다.

제압을 목적으로 출력을 조절했지만 그럼에도 수면이 부서지는 소리가 크게 울려 퍼졌다.

뿔족들이 기겁하여 물러났고, 족장과 마티는 눈을 부릅떴다.

빨갛고 파란 비늘이 허리 아래까지 이어진 비늘족들이 기절한 채, 하얀 배를 드러내며 둥둥 떠올랐다.

"……."

뿔족이 저만한 수의 비늘족과 싸우려면 족히 반나절은 소모된다.

거기에 상당한 뿔족의 희생을 감수해야 한다.

하지만 페르노크는 산책이라도 나온 것처럼 아주 느긋하게 손짓 한 번으로 수백의 비늘족을 제압했다.

새하얀 배에서 뜨끈하게 올라오는 열기를 멍하니 지켜보는 둘에게 페르노크가 말했다.

"뭐 해. 식기 전에 건져 와."

6장. 근원의 뱀

비늘족은 육지에서도 숨을 쉴 수 있다.

특유의 비늘 꼬리로 바닥을 치는 기동력은 어지간한 소형 몬스터보다 우월한데다, 바다에서는 남다른 기동력을 자랑한다.

특히, 날카로운 손톱과 이빨은 단단한 선체도 쉽게 부숴버린다.

전신이 무기인 비늘족은 육지에 오른다고 해서 전혀 약하지 않다.

하지만 상대는 페르노크였다.

수백의 비늘족들이 페르노크의 마법 '속박'에 사로잡혀 눈만 부릅뜨고 있었다.

페르노크가 족장, 카티슈에게 물었다.

"비늘족의 근거지를 알고 있나?"

"모르오. 안다고 해도 거길 쳐들어갈 생각은 못 하지."

페르노크가 고개를 끄덕이며 비늘족 앞에 섰다.

"인간의 언어를 할 줄 아는 놈이 있나?"

"뭐 하는 놈이냐."

반응은 푸른 비늘을 가진 후미의 남자에게서 들려왔다.

"이름이 뭐지?"

"어찌 인간 따위가……!"

그의 목에서 푸른 피가 솟구쳤다.

무엇이 일어났는지 보이지도 않았다.

그저 페르노크가 가볍게 손을 털었고, 비늘족의 머리가 바닥을 굴러다닌다는 것만 보일 뿐이었다.

"나는 같은 말을 두 번 하는 걸 좋아하지 않는다."

페르노크가 바위에 걸터앉아 비늘족을 둘러보았다.

"소속과 이름을 밝혀라."

"……."

"쓸모 있는 놈이 하나도 없군."

페르노크가 손을 뻗은 순간, 중간의 붉은 비늘을 가진 자가 외쳤다.

"붉은 비늘족! 정찰대! 엔마!"

"정찰대에서 네 서열이 어느 정도지?"

"부대장!"

페르노크가 고개를 끄덕였다.

"왜 바다에 사는 너희들이 이 섬을 노리는 것이냐?"

"우리도 살아야 한다."

"누가 비늘족을 해하려 드나?"

"신께서 노하신다! 바다가 뒤집히기 전에 움직여야 한다!"

영문 모를 소리였지만, 비늘족에게도 무언가 사정이 있음을 눈치챘다.

"뿔족과 평화롭게 살 수 있지 않았나."

"대화는 시도했다."

그러자 카티슈가 콧김을 내뿜으며 단호히 말했다.

"우리 조상의 혼이 담긴 터전을 내놓으라 했다."

뿔족이 섬에서 떠나지 못하는 근본적인 이유를 비늘족이 파고드니 협상 자체가 성립되지 않았다.

'양측에 융통성이 없는 건지. 절대 빼앗아야만 하는 이유가 있는 건지. 알 수 없는 놈들이군.'

하지만 페르노크는 그들에게 어떤 감정도 일지 않았다.

결국, 비늘족은 자신들이 살기 위해 침략을 시도한다는 사실엔 변함이 없으니까.

"너희 종족의 사정 따윈 관심 없어. 내가 여기 있고, 너희들이 달려든다는 것만 중요해."

"인간과는 관계없는 일이다!"

"아니, 이 뿔족은 이제 내 손님이다. 그러니 돌아가 너희 족장에게 전해라."

"……?"

"너희 부족을 찾고 싶거든 직접 와서 혈전 의식을 치르자고."

"……!"

엠마가 눈을 부릅떴다.

"인간이 어떻게 혈전 의식을 아는 거냐?"

혈전 의식.

붉은 비늘족과 푸른 비늘족은 세대를 걸칠 때마다 새로운 족장을 배출하기 위해 사투를 벌인다.

각 비늘족에서 가장 강한 자를 앞세워 살아남는 쪽이 모든 비늘족을 통솔할 권리를 가진다.

하지만 비늘족이 아닌 자가 혈전 의식을 치를 수 있는 예외도 존재한다.

그건 다른 종족의 지배자다.

[비늘족은 우수한 혈통을 남기려 하는 종족입니다. 다른 종족과의 교배로도 아이를 낳을 수 있죠. 그렇게 생긴 하프에게도 족장이 될 기회가 주어집니다.]

절망군주는 인간의 지배자로 당대의 비늘족과 혈전 의식을 치렀다.

당연히 압도적인 힘으로 비늘족을 굴복시켰고, 강한 자는 누구든지 도전할 수 있는 권리를 재차 증명했다.

페르노크도 혈전 의식을 치를 권리가 있다.

"난 비늘족의 족장이 어떻게 탄생하는지 전부 알고 있어. 당연히 예외적인 조항까지 포함해서 말이야."

"인간은 지배자로 보이지 않는다."

"맞아. 난 인간의 지배자로 나서지 않아."

페르노크가 뿔족을 등 뒤에 세우며 씨익 웃었다.

"내가 뿔족의 족장이다."

"……!"

"여기 있는 뿔족과 섬 그리고 사로잡은 비늘족을 걸지."

페르노크가 흔들리는 엔마를 응시했다.

"혈전 의식을 제안하는 바다."

* * *

바다 깊은 곳.

산호와 수초 너머 가다듬어진 돌에 왕좌처럼 앉은 이형의 사내.

비늘족처럼 양쪽 귀가 붉고 푸르며 뾰족했으나.

인간의 팔과 다리를 가졌고. 양 눈은 붉고 푸른 오드아이였다.

"혈전 의식을 제안했다? 나에게?"

인간과 비늘족의 하프로 당대 족장에 오른 크레이드가 노한 기세를 흘리니, 엠마가 고개를 숙이며 고하였다.

"예. 뿔족의 족장으로 모든 것을 내걸고 혈전 의식을 신청한다고 하였습니다."

"뿔족에도 하프가 있던가?"

"그는 진짜 인간입니다. 그리고 뿔족 모두가 그에게 충성을 맹세했습니다."

크레이드가 눈가를 가늘게 좁혔다.

"혈전 의식을 거부하면 인질로 잡힌 비늘족을 죽이겠다고?"

"이곳까지 찾아와서 모든 씨를 말려 버리겠다고 했습니다."

크레이드가 말문이 막혔는지 왕좌에 등을 기대어 아름다운 물결을 바라보았다.

'왜 바다는 우리를 심연 속에 몰아넣는단 말인가…….'

답답함을 속으로 되뇐 그가 고개를 내려 엠마를 보았다.

"혈전 의식은 불가하다."

엠마도 고개를 끄덕였다.

혈전 의식은 공석이 된 자리를 차지하기 위한 싸움이지, 족장이 버젓이 살아 있는 상태에서 의식을 치르진 못한다.

"인간도 그 정도는 알고 있을 터."

그럼에도 제안한 이유.

크레이드와 직접 만나기를 원한 것이다.

"어찌할까요?"

"신탁을 내려받고 오겠다."

그 순간, 엔마의 낯빛이 어두워졌다.

왕좌 뒤로 걸어가는 크레이드의 모습이 서글프게 느껴진 것이다.

크레이드가 물결을 가르며 거대한 문 앞에 섰다.

그리고 문 너머의 동굴을 향해 고개를 숙였다.

"수신께 아뢰옵나니, 지금 지상에 가여운 비늘족들이……."

문틈 사이로 음습한 기운이 흘러나온다 싶은 순간, 뼛조각이 굴러 내려왔다.

[공물이 빈약하구나. 설마, 너희 비늘족을 누가 번성케 하였는지 잊은 건 아니겠지?]

"……송구하옵니다. 다시 극상의 해산물을 잡아 올리겠나이다."

[그깟 물고기들로 내 언제까지 연명하란 말이냐. 차라리 너희 비늘족을 수십 마리를 내게 넘긴다면 이 허기가 조금은 가실지도 모르겠지.]

크레이드가 몸을 부르르 떨었다. 그러자 음흉한 웃음소리가 흘러나왔다.

[뭘 그리 긴장하느냐. 설마, 내가 아끼는 자식들을 먹을 거라고 진짜 그리 생각했더냐.]

"아, 아닙니다."

[하지만 이 허기가 계속된다면 정말 이성을 잃어버릴지도 모르겠군.]

"신이시어! 부디 고정하시옵소서!"

[크레이드, 나의 아이야. 너를 그 자리에 올린 자가 누구인지 절대 잊지 말거라.]

"항상 감사하고 있사옵니다."

문틈 사이로 끌끌 비아냥거리는 듯한 목소리가 흘러나왔다.

[한데, 어찌하여 아직 뿔족을 바치지 못하는 것이냐. 놈들의 정기를 씹어 삼켜 천천히 음미하고 싶었거늘.]

"수상한 자가 끼어들었습니다."

그에 말을 멈추고 음습한 기운이 흘러나온다.

이윽고 문 너머의 존재가 환희에 부르짖었다.

[그놈을 내게 다오!]

멀리서도 느껴진다.

찬란하고 영롱하며 막대한 기운이.

[그놈을 내게 바친다면 10년 동안 너희 비늘족이 번성케 은혜를 내려 주겠다.]

"……!"

크레이드가 고개 숙인채 눈을 부릅떴다.

언제나 까탈스러운 신이었다.
비늘족만큼은 삼키지 못하도록 무슨 짓이든 다 해 왔다.
그런 신에게서 10년의 번영이라는 달콤한 대가를 제안해 왔다.
'그 인간의 가치가 그 정도란 말인가.'
크레이드의 얼굴이 굳어졌다.
신이 인정할 정도의 기운을 가진 자라면 지금의 비늘족으론 상대가 되지 못한다.
다시 인간을 치러 가는 건 자살행위나 다름없었다.
[걱정하지 말거라. 내 너에게 다시 은혜를 내려 줄 터이니.]
문 너머에서 푸르스름한 결정이 흘러나왔다.
[내 '근원'의 파편을 너에게 허락하마.]
파편이 크레이드에게 스며들었다.
배를 타고 전신으로 뻗어 나가는 환희에 놀라 몸을 벌떡 일으켰다.
[나를 제외하고 이 바다에서 너를 해할 자는 이제 존재치 않을 것이다.]
파편을 나눠 줌으로써 신의 힘이 살짝 약화된 것이 느껴진다.
은혜라는 이름의 사냥을 명할 정도로 그 인간을 탐내는 신의 모습에 구역질이 치밀어 올랐지만, 크레이드는 넘쳐 오르는 힘을 감정으로 억누르며 결연한 표정을 내보였다.

"반드시, 그 인간을 잡아 오겠나이다!"

크레이드가 돌아서서 물결에 몸을 맡겼다.

그의 목소리가 바닷물에 실려 넓게 퍼져 나갔다.

[우리의 부족원을 구하고, 인간을 멸하여 비늘족의 위엄을 세상에 떨치리라!]

이윽고 무수한 물보라가 크레이드에게 몰려들었다.

암석으로 된 창을 쥔, 붉고 푸른 비늘족의 긴 행렬이었다.

* * *

날이 저물어 갈 무렵, 성루에 우뚝 선 페르노크가 시커먼 물결을 포착했다.

"왔나."

세기도 벅찬 기척이 한꺼번에 몰려온다.

비늘족이 틀림없다.

"저, 저게 다……."

"당황하지 말고, 내가 알려 준 대로 성을 작동토록 해."

"아, 알겠습니다!"

연구소장이 땅굴족과 성 안에 들어갔다. 그리고 확성음을 터트렸다.

[사방에서 비늘족이 몰려옵니다! 다들 준비하세요!]

그 말을 알아들은 뿔족이 무기를 거머쥐었다.

사로잡힌 비늘족들은 당황한 모습을 보였다.

"족장?"

그 순간 바다에서 성으로 무언가가 날아들었다.

[창입니다!]

암석으로 만들어진 창.

한데, 그 강도가 상당하다.

성에 흠집을 내진 못했지만, 창도 부러지지 않았다.

'고작, 이걸로 덤빈다고?'

이쪽의 전력을 한 차례 보여 줬다.

당연히 엠마가 그에 대한 설명을 상세히 전달했을 터.

그럼에도 원시적인 도구로 덤벼 온다는 건 의아할 따름이었다.

'혈전 의식을 거부하는 것 치곤 규모가 상당해.'

게다가 비늘족의 숫자가 페르노크의 예상을 훌쩍 뛰어넘었다.

기껏해야 수백의 정예를 파견해서 협상이나 제안할 거라 생각했지만, 지금 바다를 가득 채운 비늘족은 모든 부족이 보여 총공세를 펼치는 것처럼 보였다.

[왕자님! 적들이 사거리 안에 들어왔습니다!]

죽음을 불사하고 기어들어 오는 용맹은 칭찬할 만하나.

병사를 사지로 몰아넣는 지휘관의 판단은 몹시 불쾌했다.

'이 정도 수를 보내려면 적어도 족장이나 그에 준하는 자가 왔을 터.'

무슨 배짱으로 이 성에 무모한 도전을 감행하는지 붙잡아 캐묻고 싶었다.

이 포격에서 살아남는다면 말이다.

"전 포문 개방."

페르노크가 무심히 외쳤다.

"출력 최대."

우레와 같은 소리에 성이 응답했다.

포문이 열리고 무려 10정의 마력섬광포가 모습을 드러냈다.

라이오닉은 이 세상의 모든 마력을 흡수한다.

물에 깃든 마력조차 라이오닉은 깨끗하게 정제해서 다시 성 안으로 흘려보낸다.

그렇게 보낸 마력을 개량된 마력섬광포가 흡수하고 응축시킨다.

페르노크는 전쟁을 우려하며 이곳에서 하루 동안 모은 마력을 전부 마력섬광포에 저장시켰다.

치지직!

뇌전이 일듯 포 주위에 마력이 넘실거린다.

“발포!”

섬광이 밤하늘을 찢고 어둡게 변한 바닷물을 뒤덮었다.

하나로 뭉친 마력이 수십, 수백으로 산탄 된다.

그 한 발 한 발의 위력이 가히 5레벨 마법사의 화염구에 버금간다.

적아를 구분치 않는 무차별 폭격이 바다를 두드렸다.

콰콰콰콰콰쾅!

성의 전면, 양측이 분수처럼 솟구쳤다.

비늘족을 기절시킬 정도로 출력을 조정했을 때와는 다르다.

포탄에 스친 비늘족들은 모두 갈가리 찢기거나 새까맣게 타 버렸다.

일부 살아남은 비늘족들이 집념으로 성벽에 달라붙었다.

하지만 그마저도 성의 방어 기능이 활성화되어 떨쳐 냈다.

서걱!

성벽에서 날카로운 파편들이 돌출되어 비늘족의 몸을 모두 갈라 버렸다.

순식간에 전장을 삼켜 버린 성의 위용에 모두가 경악하고 있을 때, 묘한 기운이 페르노크를 자극시켰다.

'마력?'

비늘족은 수상전의 달인이다.

바다를 조종하는 특별한 힘은 존재치 않는다.

하지만 어느 비늘족에게서 흘러나온 기운이 바다에 스며들자 거대한 파도를 일으켰다.

'아니야, 이건…….'

마법도, 마력도 아닌 색다른 기운.

자연을 닮은 그것이 머리를 두드린 그 순간.

[근원은 내 안에 존재하여 자연을 다스리는 힘.]

파도를 조종하는 기운이 절망군주의 기억을 일깨웠다.

*　*　*

[근원은 한 줌의 씨앗으로 광활한 자연을 다룬다. 내 몸 안의 씨앗이 싹을 틔워 거목으로 자란다면 만물이 내 의지를 따라 움직이니, 이것이야말로 신에 오르는 길일 것이다.]

한 시대를 풍미했던 절대자의 기억답게 광오하다.

절망군주는 어둠의 씨앗을 몸에 심어 심연까지 다루는 근원의 대가였다.

비록 그의 시대가 저물어 근원도 함께 사라졌지만, 페르노크는 근원이 가진 가능성을 인정하고 있었다.

핵에 씨앗을 심고, 그것을 의지로 다스려 공통되는 자연을 자기 뜻대로 움직이는 것.

마법이 마력을 자원으로 현실에 구현되는 거라면.

근원은 심력을 바탕으로 실존하는 형태를 조종하는 지배자의 힘이다.

'어떻게……?'

페르노크가 눈을 부릅뜨며, 기억이 가리키는 방향으로 고개를 돌렸다.

넘실거리는 파도 안에 오드아이의 비늘족장 크레이드가 있었다.

절망군주의 기억을 자극하는 미약한 바다의 '근원'이 그에게서 흘러나오는 중이었다.

'이미 사라졌을 문명이 아직 남아 있었나?'

근원은 시대를 지배하는 힘이자 역사였다.

기사왕의 시대가 특별한 금속과 함께 저문 것처럼 그보다 오래된 절망군주의 근원 또한 사라졌어야 마땅하다.

하지만 지금 이곳에 미약하지만, 근원을 사용하는 자가 나타났다.

절망군주의 시대였다면 하류에 불과한 정도였지만, 바다에 스며들어 형태를 뜻대로 조종하는 이것은 분명 씨앗을 지닌 자의 근원이다.

콰아아아아―!

성을 집어삼키고도 남을 만큼 거대한 파도가 눈앞에 밀어닥치자 페르노크가 상념에서 벗어났다.

'사로잡아야겠군.'

어디서 근원의 씨앗을 얻었는지 알 수 있다면, 절망군주의 시대를 되짚어갈 수 있을지도 몰랐다.

펑!

오버 임팩트가 파도 중앙에 구멍을 뚫었다.

하류에 불과한 근원이 통제권을 잃고 흔들거리며 가라앉는다.

[왕자님! 나오십시오!]

마력섬광포의 재장전이 끝났다.

하지만 페르노크는 피하지 않고 오히려 신호를 보냈다.

"신경 쓰지 말고 발포해!"

성에서 2탄째가 발포되었다.

섬전이 수백으로 나뉘어 바다를 때리고, 페르노크는 물 위를 거닐며 그것을 시야 삼아 바다 아래를 이 잡듯이 뒤졌다.

쾅쾅쾅!

비늘족들이 산화하는 한복판, 누군가가 다채로운 눈빛으로 새로운 파도를 일으키려 했다.

페르노크가 그를 관찰안으로 살폈다.

'저놈이군.'

근원의 씨앗이 몸에 박혀 있다.

영혼까지 줄기처럼 휘감지 못한 것을 보아, 누군가에게 강제적으로 씨앗을 이식당한 듯했다.

근원술사라기에는 반푼이에 불과한 수준.

하지만 누군가가 씨앗을 건네줬다는 사실이 중요하다.

콰콰콰쾅!

바닷물이 송곳처럼 허공으로 치솟았다.

페르노크가 손을 털어 바닷물을 흐트러뜨리자, 오히려 끈적거리며 달라붙었다.

그를 바닷속으로 끌어내리려는 듯했다.

'근원을 다루는 방식이 너무 어설퍼.'

크레이드가 제대로 근원을 다뤘다면 이 바닷물로 섬과 성을 함께 집어삼켰을 것이다.

하지만 그는 물의 일부밖에 다루지 못한다.

지형을 바꿀 권리와 유리한 전장으로 상대를 끌어낼 힘이 부족한 상태에서 미약한 힘을 남발한다.

허술한 공격에 응해 줄 생각은 결코 없다.

우우우우우웅!

글러브에 진한 빛이 모여들었다.

순환연동이 시작되고 아티펙트는 한 차원 높은 곳으로 페르노크를 인도했다.

쾅!

한 발의 오버 임팩트.

그러나 순환연동으로 개방된 힘은 한순간, 바다에 구멍을 뚫어 버렸다.

파도를 준비하던 비늘족 족장이 추락함과 동시에 페르노크가 쏘아졌다.

오드아이의 하프 비늘족 크레이드.

그가 황급히 바닷물을 끌어당기려 할 때, 페르노크는 이미 지척에 도착하여 뒷발로 그를 차올렸다.

퍼엉!

양손을 교차하여 막아 보지만, 살점이 찢기며 하얀 뼈가 드러난다.

크레이드가 상상도 못 한 위력에 이를 악물며 저항하려 했으나, 어느새 밤하늘을 등지고 있었다.

그가 허공에 떠오른 것이다.

"이만한 거리에선 근원을 사용하지 못하는가."

페르노크가 공중에서 크레이드를 섬으로 걷어찼다.

지면에 처박힌 크레이드가 모래사장의 물기를 흡수하여 간신히 상처를 수복하니, 어느새 착지한 페르노크가 등 뒤에 수많은 자연계 마법을 띄워 올렸다.

"네가 비늘족의 족장이냐."

크레이드가 식은땀을 흘렸다.

'어찌 신의 가호를 받았음에도 바다에서 저자를 끌어내리지 못했지?'

공물로 콕 찍어 지목할 정도면 강하리라 생각했다. 그러나 여유로운 그의 모습은 크레이드의 예상을 훌쩍 뛰어넘었다.

“캬아아아!”

“막아라!”

비늘족들이 다급하게 섬으로 뛰어오르자, 뿔족들이 기다렸다는 듯 용맹하게 맞서 싸웠다.

그 모습을 힐끗 살핀 페르노크가 고개를 끄덕였다.

“네가 족장이 맞군. 한데, 어찌 하프가 저 고집스러운 비늘족의 족장이 될 수 있던 거지?”

까드득!

이를 악문 크레이드가 신에게 하사받은 근원을 끌어 올렸다.

바닷물이 지면을 타고 슬그머니 올라오려 하자, 페르노크가 마법을 뿌리며 모두 증발시켰다.

“쿨럭.”

크레이드가 피를 토하며 비틀거렸다.

‘왜?’

물을 가져오려다 실패했을 뿐이다.

단지 힘을 뿌렸는데 왜 속이 진탕되는지 크레이드는 이해하지 못했다.

“근원은 다스리는 힘과 유기적으로 연결된다. 저 물이 모두 너의 손발이지. 도중에 힘을 회수하지 못하면 네놈에게 타격이 전달된다. 이 간단한 사실조차 모른단 말이냐?"

"……."

"뭐, 좋아. 밤은 길고 시간은 많으니, 천천히 대화나 나눠 보자고."

페르노크가 지면을 내리찍자 사방에 돌이 치솟아 원형의 돔을 만들었다.

외부와 완벽하게 격리된 돔에 페르노크가 띄운 불꽃 하나가 빛나고 있었다.

"이곳에서의 대화는 밖에서 듣지 못해."

"……!"

"보아하니, 힘에 휘둘릴 정도로 준비가 안 된 것 같더군. 내가 개인적으로 그 힘에 관심이 많아서 한 번의 기회를 주지."

페르노크의 마력이 돔을 가득 채웠다.

"네게 그 씨앗을 심은 자가 누구더냐."

"……."

"침묵으로 일관하겠다면 이곳을 습격한 모든 비늘족을 섬멸하겠다."

크레이드의 눈동자가 흔들렸다.

"나는 너희를 내 산하로 거두려 했다. 혈전 의식을 제안한 건 너희들의 능력을 알고 있기 때문이지. 하지만 규범을 벗어난 힘이 너희 종족 본래의 것은 아닐 터. 그것이 올바른 방향이라면 그 또한 취할 것이나, 삿된 방식이라면 뿌리부터 잘라 버리겠다.”

“……인간은 감당할 수 없다.”

“네게 힘을 내린 자가 인외인가?”

“그분은 바다의 신이다.”

“신이라…… 그리운 울림이군.”

크레이드가 왈칵 피를 토하며 주먹을 말아 쥐었다.

“아서라. 네 근원은 이미 부서졌다.”

그리고 크레이드가 주저앉았다.

몸에서 푸르스름한 기운이 빠져나오는 모습을 선명하게 목격했다.

페르노크의 마력이 푸르스름한 기운을 모두 잡아먹었다.

“내 주먹 몇 번에 박살 나는 씨앗 따위를 거창하게 하사한 그놈은 절대 신이 아니야.”

“나는 뿔족을 공격했다. 그런데 어찌하여 뿔족의 족장이 내게 기회를 주는 것이냐.”

“네가 멋모르고 휘두른 근원을 반드시 찾아야 해서 말이야. 네가 근원을 사용하지 않았다면 포격이 시작됨과 동시에 너와 씨족을 모두 죽였겠지. 그 편이 비늘족을 접수하기 편하니까.”

페르노크가 크레이드 앞으로 걸어 나갔다.

“내가 못할 거라 생각하나?”

무심한 목소리에 크레이드가 몸을 떨었다.

'내가 감당할 수준이 아니다. 하지만…….'

눈앞의 인간이 바다의 신을 상대할 수 있을까.

크레이드는 쉽게 판단이 서지 않았다.

하지만 지금 돌아가도 바다의 신에게 죽는 것은 매한가지였다.

어느 쪽을 선택하든 안 좋은 미래만 그려진다면 적어도 자신의 희생 하나로 이것을 마무리해야 했다.

"모든 것을 얘기하면 전쟁을 중단할 수 있나?"

"태도에 따라 다르겠지."

"무엇이 궁금한가?"

"바다의 신이라는 허무맹랑한 놈. 근원을 내려 준 그놈의 정체."

크레이드가 짙은 한숨을 내쉬며 말했다.

"20년 전, 족장이셨던 나의 아버지께서 이 땅에 한 인간을 데려왔었다. 그자는 우리의 성지로 들어가 하나의 알을 심었지. 아버지께선 그 알이 우리를 찬란한 미래로 이끌 거라 말씀하셨다."

"한데?"

"알이 부화하는 순간 인간이 얘기하더군."

크레이드는 그날이 떠오르는지 낯빛을 굳혔다.

"이건 실패다라고."

인간이 알에 푸른빛을 심고 떠났다.

그 순간, 알에서 부화한 작은 도마뱀이 성지에 들어선

모든 비늘족을 집어삼켰다.

족장을 포함한 장로들까지 소화되는데 채 1시간도 걸리지 않았다.

핏방울 하나 없이 말끔하게 비늘족을 먹어 치운 도마뱀은 지성을 가지게 되었고, 주저앉은 크레이드에게 이렇게 외쳤다.

"내게 공물을 바친다면 너희 종족에게 번영을 약속한다."

크레이드는 저항할 수 없었다.

급격하게 성장하는 뱀이 일대의 바다를 조종하여 모든 것을 옮아맸기 때문이다.

"신은 약속을 이행했다."

맑은 파도가 넘실거리며 비늘족이 성장하기 좋은 토대가 완성되었다.

비늘족의 수가 급격히 불어나기 시작했으며, 일족을 번성케 한 크레이드는 족장으로 추대되었다.

"혈전 의식을 치를 필요도 없었지. 신께서 나에게 심어준 힘으로 나는 왕좌에 군림했으니."

뱀이 자그마한 씨앗을 하사했을 뿐인데, 크레이드는 비늘족의 절대자가 되었다.

그는 바다의 일부를 다스리며 비늘족을 결집시키기 시작했고, 이 일대가 모두 그의 손에 쥐어졌다.

그리고 뱀은 요사스러운 혓바닥을 놀렸다.

"신이 근원을 완성해야 한다며 성지에 틀어박히더군. 그때부터 시작이었어. 신은 바다에 만족하지 않고 육지의 맑은 기운들까지 탐하기 시작했다."

인근 섬들에 존재하는 생명과 바다를 유랑하는 물고기들이 모두 뱀의 먹이가 되었다.

그것으로도 모자라 뱀은 마침내 뿔족의 강대한 마력까지 흡수하려 했다.

종족 간의 충돌을 두려워한 크레이드는 적당한 충돌만 유지시켜, 비늘족의 힘이 부족함을 간청하였다.

"신의 힘을 하사받아 비늘족을 더 번영케 하려 했다."

"그리고 강성해진 세력으로 그 조잡한 신을 치려 했나?"

"그래. 비늘족의 문제를 스스로 해결할 방법은 그것뿐이라고 여겼지. 하지만 내 착오였다."

비늘족이 강해질수록 뱀이 요구하는 공물이 많아졌다.

뿔족과의 전쟁이 길어질수록 뱀의 인내심이 사라지기 시작했고, 마침내 놈은 비늘족까지 먹어 치워 나갔다.

"처음부터 우린 비상식량이었어. 언제든지 신은 우리를 삼켜 나눠 준 힘을 회수할 생각이었다."

"한데, 저항하지 못했나."

"이제 막 눈을 뜬 아이들이 있다. 신의 영향을 받지 않은 그 아이들만큼은 다른 바다로 보내 주고 싶었어."

크레이드가 페르노크를 응시했다.

"네놈을 바치면 10년의 시간을 준다더군. 그 정도면 충분하리라 여겼는데, 이제 아무것도 이룰 수 없게 되었다."

"나를 공물로?"

"신이 너를 탐하려 한다. 나는 너를 공물로 바치기 위해 비늘족의 전사들을 데려왔다. 전장에서 용서를 구하며 구차하게 연명할 생각은 없다. 하지만 네가 원하는 모든 것을 알려 주었으니, 그 대가로 창 든 자들의 목숨만 거둬 주지 않겠나."

크레이드는 페르노크가 자신이 감당하기에 너무 벅찬 상대임을 깨닫고 그 앞에 목을 내밀었다.

"이제 태어난 아이들은 아무것도 모른다."

페르노크가 큭큭 웃었다.

"난 너 같은 놈들이 싫어. 자신의 무능함을 비장함에 숨겨서 대의명분이 있는 것처럼 꾸미고 편하게 죽으려 하거든. 전장에 나선 장수는 그 어떤 상황에서도 승리를 추구해야 하는데 말이야."

"……."

"족장치곤 젊고, 경험이 미숙하며, 쉽게 흔들리는 너 따위를 살려 둘 생각은 없지만. 비늘족의 신임이 굳건하다는 사실 하나는 마음에 들었다. 하여, 내가 좋은 제안을 하나 해 주지."

페르노크가 무릎을 접어 그와 시선을 맞췄다.

"나를 그 같잖은 신에게 공물로 바쳐라."

"……!"

"내가 그놈에게 알아야 할 것이 있어서 말이지."

"신을 죽이겠다는 건가."

"너로선 손해 볼일이 없을 텐데. 내가 성공하든 실패하든 공물을 데려왔다는 사실을 신에게 증명할 수 있잖아."

크레이드는 당황했지만 어수룩하게 굴지 않았다.

"내게 무엇을 원하는가?"

"내가 신을 죽이면 비늘족을 받아 가겠다."

"족장이…… 되겠다는 건가?"

"족장은 너야. 너를 포함해 모두를 신하로 들이겠다는 말이다."

크레이드의 눈동자가 거칠게 흔들렸다.

"인간을 들인 네 아버지처럼 나를 성지로 인도할 테냐. 아니면, 이곳에서 모두 함께 소멸할 테냐. 과오를 바로잡을 기회는 지금 너에게 주어졌다, 젊은 족장."

뱀이 유혹했을 때처럼 달콤한 울림이 머릿속을 지배했다.

'왜 뿔족이 이 인간을 따르는 거지.'

자존심과 용맹함이 비늘족보다 더하다는 뿔족이 인정한 사람.

수적 열세인 뿔족을 선두에 서서 지켜 주는 새로운 인간 족장.

크레이드가 고개를 숙였다.

“이미 내 목은 인간의 뜻에 달려 있다. 비늘족은 승자의 권리를 존중한다.”

“그렇겠지.”

페르노크가 피식 웃었다.

절망군주가 비늘족을 휘하에 뒀을 때부터 변하지 않는 그들만의 방식이었다.

* * *

돔이 열리고 모습을 드러낸 페르노크가 마티를 불렀다.

“뿔족을 데리고 섬 안쪽에 피신해 있어.”

“설마, 인간이 진 건…….”

마티가 한쪽에 주저앉은 크레이드를 발견하곤 고개를 갸웃했다.

“……아닌데, 왜?”

“양쪽 모두 만족할 협상안을 찾아냈다. 해결하고 올 동안 적당히 몸을 숨겨. 괜히 모습 드러내서 내 계획을 엉망으로 만들지 말고.”

“뿔족은 싸움에서 도망치지 않는데…….”

페르노크가 미간을 찌푸리자 마티가 화들짝 놀라며 몽둥이를 거뒀다.

"아, 알겠다! 바로 피신하겠다!"

"신호를 보낼 테니 그때 나와."

마티가 카티슈에게 달려가 페르노크의 이야기를 전했다.

카티슈는 한 치의 망설임도 없이 나팔을 불었다.

뿔족이 모두 섬 안으로 들어가자, 페르노크가 크레이드에게 양팔을 내밀었다.

"묶어. 네가 승리한 것처럼 꾸며야. 놈이 도망치지 않고 그 자리에 있을 거 아니야."

크레이드가 고통을 참고 일어나 페르노크의 양팔을 질긴 수초로 묶었다.

"그럼 신이란 놈을 보러 가 볼까."

산책이라도 나온 것처럼 페르노크가 느긋하게 걸었다.

크레이드는 비늘족에게 퇴각을 명했고, 성도 함께 자취를 감췄다.

그리고 페르노크가 비늘족의 성지로 향했다.

* * *

바닷속에 들어오자 크레이드가 손가락에 방울을 맺었다.

말없이 건넨 방울을 페르노크가 집어삼키니 호흡이 탁 트였다.

"눈물도 알고 있었나."

"비늘족에 관한 건 대부분 알고 있지."

비늘족이 흘린 눈물을 모아 만들어 낸 방울을 섭취하면 3시간가량 바닷속에서 호흡할 수 있다.

만드는 방식이나 재료가 까다로운데다가 장시간 보관할 수 없어서 효율까지 떨어진다.

상품적 가치가 전혀 없는 방울이었지만 지금 페르노크에겐 아주 알맞은 도구였다.

비늘족의 빠른 기동력에 올라타면서도 육지에서처럼 호흡이 흐트러지지 않았다.

"족장님! 상처를 치료해야 합니다!"

"괜찮다. 이놈은 내가 신께 데려갈 테니, 너희들은 모두 물러나거라."

산호와 수초로 뒤덮인 마을이 나타나자, 크레이드가 비늘족을 흩어 놓았다.

페르노크를 구속한 채, 직접 마을 깊은 곳으로 들어섰다.

높은 왕좌 너머에서 낯익은 기운이 느껴진다.

[너희는 어찌하여 근원을 받아들이려 하느냐.]

절망군주의 기억이 자극된다.

그것은 절망군주와 굉장히 닮아 있어서 눈앞의 장면이

선명할 정도였다.

[저희는 이 땅의 부조리함을 모두 지워 버리고 싶습니다!]
[스승님, 부디 저희에게 근원을 하사하여 주십시오!]
[억울하게 스러져 간 원한을 달래야 합니다!]

언제부터 그가 절망이라고 불렸던 건지. 절망군주는 그 연혁을 말하지 않았다.
아니, 못했다.
살아생전의 그는 세상 모든 것의 증오로 똘똘 뭉쳐 있었으니까.

[근원을 타고난 자는 따로 있는 법. 너흰 아직 씨앗을 받아들일 준비가 되지 않았다.]

그럼에도 절망군주는 하나의 일상 속에서 미소를 띠우곤 했었다.
그의 제자들이다.

[저희도 할 수 있습니다!]
[스승님의 가르침을 절대 잊지 않았습니다!]

제자들은 모두 총기가 가득했고, 불의에 맞설 용기가

넘쳐 흘렀다.

어지러운 세상에서 절망군주는 제자들에게 자신의 뜻을 맡기고 싶어 했다.

하지만 그의 근원은 지독했다.

함부로 받아들였다간 그자의 심지를 모조리 갉아먹고 폐인으로 만들어 버린다.

제자들을 아낀 절망군주는 언제나 미소를 지으며 근원의 위험성을 알려 줬다.

[나의 근원은 심연 속에 머무른다. 작은 씨앗 하나가 너희들 마음에 깊은 어둠을 만들어 모든 심지를 빨아들일 것이니, 일체의 감정을 모두 버리고 되찾았을 때. 너희는 비로소 근원의 씨앗을 얻게 될 것이다.]

어둠에 몸을 맡기고 심연에 감정을 집어넣어 그 속에서 자신만의 길을 발견해야 한다.

근원의 궁극으로 가는 깨달음이 동반되어야만 세상에서 가장 지고한 힘을 얻을 수 있다.

자신의 시행착오를 제자들에게 일깨워 주던 절망군주는 얼마 안 가 크나큰 시련에 직면했다.

대륙을 집어삼킨 어둠이 새로운 질서를 만들려 할 때, 하늘에서 은총이 내려와 그의 절망을 정화시키려 한 것이다.

광휘.
근원에 대적할 하늘의 은혜라고 불렸다.

[저는 스승님의 방식을 이해할 수 없습니다!]

근원을 얻지 못한 제자들 중 일부가 광휘를 휘두르는 '성자'에게 합류했다.
성자는 신의 화신이라 불리며 절망군주의 근원과 맞부딪쳤다.
양측의 제자들과 심복들이 함께 어울린 전쟁은 한 달이 지나서야 가까스로 결판이 났다.

[세상이 그렇게 미웠나?]

성자가 심연에 꿰뚫렸다.

[나는 아무도 믿지 않아. 그러니 내가 믿을 수 있는 안락한 곳으로 인도할 뿐이다.]

절망군주가 광휘에 정화되었다.
쓰러져 간 두 사람의 기억은 혼이 되어서 복잡하게 얽혔다.
거렁뱅이에 돈 하나 없이 굶어 죽어 가던 가족들을 어

떻게든 살리려 했던 절망군주.

그를 비웃기라도 하듯 역병이 도진다며 그 집에 불을 지르는 가혹한 마을.

그것을 심판하려 하자 가로막는 성과 질타하는 시선들.

단 한 번의 선의도 받지 못했던 절망군주의 기억은 성자의 마음에 파문을 일으켰다.

[황제란 자의 밑으로 들어간다고?]

[너도 들어오지 않겠나. 그분이라면 우리의 미련을 해결해 줄 수 있을 걸세.]

그리고 두 사람은 죽은 후에야 서로를 이해했다.

함께 페르노크의 수하가 되었고, 각자의 미련을 기억과 함께 맡겼다.

절망군주와 성자는 그들을 따른 후계자들이 무사하길 바랐다.

명계의 행렬에서 미처 보지 못했던 후계자들이 후손을 남겼다면, 자신들이 못다 한 것까지 페르노크가 챙겨 주길 원했다.

그러나 그들이 삐뚤어진 길을 걷고 있다면 스승의 마음으로 크게 꾸짖어 달라고 하였다.

'오래된 역사였다.'

제자들의 이름과 특징이 기억에 새겨진다.

절망만 가득했던 나날 속에 유일하게 행복했던 추억이 새록새록 떠오르며 페르노크의 가슴을 환희로 가득 채웠다.

'어쩌면 찾지 못할지도 모른다고 생각했는데.'

땅굴족을 보며 이종족들이라면 인간의 역사에서 소멸된 기록을 가지고 있을지 모른다는 가정이 성립되었다.

'너의 흔적을 발견했다, 군주여.'

페르노크가 감상에 젖은 눈으로 거대한 문을 살폈다.

문틈 사이로 흘러나오는 기운은 분명 근원이다.

그리고 근원은 절망군주의 씨앗을 받아야 후세까지 이어질 수 있다.

그 유지를 잇는 자는 분명 제자다.

절망군주의 제자가 이 안에 근원을 심었다.

'너의 미련을 내 말끔히 씻어 주마.'

명계에서 누구보다 충직했고, 절망 끝에 희망을 되찾았던 심복의 모습을 떠올리며 페르노크가 문 앞에 섰다.

크레이드는 옆에서 무릎 꿇고 외쳤다.

"신께 공물을 바치오니, 일족의 부흥을 안겨 주시옵소서!"

페르노크가 문틈 사이를 바라보았다.

물이 출렁이며 근원을 간직한 무언가의 목소리가 들려왔다.

[너희 일족의 10년을 약속하마.]

그리고 문틈에서 푸른빛이 흘러나와 바다에 뒤섞였다.

맑은 근원 속에 담긴 사악함이 엿보인다.

'이 물은 비늘족의 성장을 가속화시킨다. 그만큼 몸에 부담을 안겨 주는 방식이군. 비늘족이 세가 불어난 이유가 이것 때문인가.'

근원이 스며든 물을 계속 마실수록 부자연스러운 성장이 발생한다.

크레이드는 이 사실까지는 모르는 듯했다.

[한데, 어찌하여 네게 심어 둔 씨앗이 모두 사라진 것이냐.]

"인간과 충돌할 때, 산산이 부서졌습니다."

[하여, 인간의 육질이 이토록 흐트러진 것인가.]

페르노크가 일부러 마력을 불안정하게 만들어 둔 점을 뱀은 간파하지 못했다.

'상당한 양의 근원을 품고 있으나, 실력이 그에 미치진 못하는군.'

근원의 흔적을 발견할 수 있는 방법은 비슷한 근원을 회수하는 것뿐이다.

절망군주의 근원과 흡사한 뱀의 근원을 가진다면, 대륙에 이어진 제자들의 흔적을 찾아낼 수 있다.

[그럼에도 영롱하구나. 어서, 이리 가까이 오너라.]

사이한 기운이 페르노크의 몸을 감싸 안았다.

페르노크는 크레이드를 힐끗 보며 고개를 끄덕였다.

성지에서 10km가량 떨어져 있어라.

오기 전에 맞췄던 신호를 떠올리며 크레이드가 물러났다.

그리고 페르노크는 뱀에게 매혹된 것처럼 선선히 문 안으로 들어갔다.

쿵!

기다렸다는 듯 문이 닫혔지만, 내부는 전혀 어둡지 않았다.

천장에 박힌 보석이 반짝이며 은은한 빛을 내리쬐니, 똬리를 튼 비늘이 그 빛을 반사하여 사방을 환하게 밝혔다.

가히 부유하는 성에 버금가는 크기였다.

그곳을 묵빛의 비늘을 가진 거대한 뱀이 가득 채웠다.

페르노크가 개미로 보일 정도로 커다란 머리가 앞에 내려왔다.

붉은 눈알이 두 쌍이었고, 미간에 검푸른 뿔이 솟아 있다.

"가까이서 보니 아주 탐스럽구나."

뱀이 콧김을 내뿜자 페르노크를 둘러싼 사이한 기운이 훅 꺼졌다.

페르노크가 이제 정신을 차리고 눈앞의 광경에 당황하는 모습을 기대했을 것이다.

하지만 페르노크는 압도적인 뱀의 위용보다 똬리 중앙에 계속 신경이 머물렀다.

'저건…….'

새까만 석판이 세워져 있었다.

아무런 글자도 없었지만, 페르노크는 그것의 발동 방법을 알고 있다.

왜냐하면 기억이 자꾸만 석판에 머물렀기 때문이다.

'……판게모니아의 기록판.'

절망군주의 시대에서도 아주 희귀하게 발견되는 돌을 깎아 만든 석판이다.

주로 절망군주가 깨달음을 적어 제자들에게 내어 줄 때 사용했다.

'절망군주는 석판을 깎을 때, 항상 제자들의 이름을 적어 놓았어. 저건 절망군주가 아니야. 그렇다면 저 희귀한 석판을 가질 수 있는 사람은…….'

페르노크의 눈이 번뜩였다.

'……제자다! 그 전쟁에서 살아남은 두 제자 중 한 명의 기록판이 분명해.'

페르노크의 입꼬리가 씰룩거렸다.

드넓은 황무지에서 오아시스를 발견한 기분이었다.

[실성한 것이냐. 무엇이 그리 즐거워 웃을꼬.]

뱀이 혓바닥을 날름거릴 때, 페르노크는 그 안에서 익숙한 근원을 느꼈다.

'절망군주의 근원과 비슷한 것을 저 몸속에 품고 있나.'

바로 관찰안을 개방시켰다.

뱀이 가진 영혼의 독특한 형질과 그 내부가 손에 잡힐 듯이 보였다.

뱀의 심장으로 짐작되는 곳에 새까맣게 응어리진 무언가가 박혀 있었다.

저것이 절망군주의 기억을 자극한 근원의 원인이다.

그것도 하나가 아닌, 두 가지를 품고 있다.

'뱀이 타고나며 가진 바다의 근원과 심장에 박혀 음습하게 흘러나오는 까만 근원.'

한없이 어둠에 가깝다.

그것이 본래 뱀이 가졌어야 할 형질인 푸름을 검게 뒤덮고 있다.

영혼까지 뿌리내린 근원은 씨앗의 단계를 넘어 발아했고, 뱀은 절망군주의 시대에서 중급 정도의 실력자로 취급할 만했다.

이 시대에선 마도사라 불리는 정도.

하지만 두 가지의 근원을 한 몸에 품었음에도 조화로운 모습이 예사롭지 않다.

본디 근원은 한 명에게 하나만 허락된 힘.

무려, 두 가지를 자연스럽게 흘려보내는 뱀은 굉장히

이형적인 존재다.

"흥미롭군."

페르노크가 뱀 앞에 성큼 다가갔다.

"절망군주가 보았다면 한 마리 애완용으로 키웠을 것 같아."

전혀 놀라지 않는 그 모습에 뱀의 눈망울이 요사스러워진다.

[네놈, 처음부터 내 매혹에 걸리지 않았구나. 한데, 어찌 이곳까지 제 발로 들어온단 말이냐. 아니지, 그게 아니야.]

페르노크의 마력이 모여들기 시작하자, 뱀의 느긋했던 목소리가 처음으로 싸늘해졌다.

[크레이드에게 제압되지 않았어.]

페르노크가 피식 웃었다.

"고작 이 정도로 나를 겁박하려 한 네놈의 옹이 눈깔을 탓해."

뱀의 눈이 가늘어졌다.

"근원의 심연도 못 들여다본 미물 따위가 이곳에서 왕 노릇을 하고 있다니, 참으로 통탄할 일이군."

페르노크가 아티펙트 글러브에 마력을 모으기 시작하자, 뱀이 섬뜩함을 느끼며 몸을 벌떡 일으켰다.

천장에 닿을 만큼 까마득해진 뱀에게서 바다의 근원이 흘러나온다.

“스스로 신이라 일컫는 미물이여. 내 오늘은 그리운 추억과 맞이하여 기분이 몹시 좋으니, 너에게 한 가지 선택권을 주마.”

페르노크가 마력을 방출하자 이곳에 가득 차올랐던 물이 삽시간에 증발해 버렸다.

“스스로 심장을 뽑아 내게 바치겠느냐. 아니면, 수만의 비늘족에게 뜯겨 먹히겠느냐.”

편안한 죽음과 고통스러운 죽음.

자신을 비웃는 페르노크에게 뱀은 심한 모욕감을 느꼈다.

[한낱 벌레보다 못한 먹잇감이 혓바닥만 싱싱하구나!]

뱀이 꼬리를 치자 문이 열리고 방대한 물이 한 번에 들어왔다.

페르노크가 공간을 장악한 마력을 글러브에 응집시켰다.

[내 너를 잘근잘근 씹어 음미하고, 나를 농락한 비늘족에게 마땅히 위엄을 보이리라!]

근원이 스며든 와류가 페르노크를 감싸 몸을 찢어 버릴 것처럼 회전할 때, 아티펙트에서 섬광이 번쩍였다.

쾅!

와류를 찢은 기세가 천장까지 부숴 버렸다.

붕괴한 안식처에 뱀이 분노하며 사악한 입을 벌렸다.

어둠의 근원이 흘러나와 곳곳에 드리운 그림자를 칼날

처럼 만들어 쏘아 보내니, 페르노크가 어둠에 가까운 마법을 발동시켰다.

순간, 그의 몸 주위에 새까만 장막이 드리웠다.

그림자 칼날이 장막에 닿자 부서지긴커녕 오히려 끈적거리게 달라붙었다.

[……?]

뱀은 그 상태에서 아무것도 하지 못했다.

칼날에 스며든 페르노크의 마법과 마력이 그의 근원에 개입하기 시작한 것이다.

비슷한 계열의 근원은 서로의 힘을 빼앗을 수 있다.

일종의 줄다리기인데, 흘려보낸 힘이 상대의 근원을 장악한 순간 모조리 갈취하여 자신의 양분으로 삼는다.

절망군주처럼 압도적으로 상대를 찍어누르지 못하는 근원 소유자들은 절대 꼬리를 남기지 않는다.

상대방의 근원이 침투할 위험을 용납하지 않기 때문이다.

페르노크는 씨앗이 없기에 근원을 빼앗아 오지 못한다.

하지만 비슷한 계열의 마법을 사용하면 이렇듯 근원에 개입할 순 있다.

“기본이 안 돼 있군.”

뱀의 심장에서 나온 어둠의 근원이 그림자와 연결되어 있다.

페르노크는 절호의 기회를 놓치지 않았다.

팔을 당기자 근원에 연결된 어둠의 마법이 삽시간에 뱀의 어둠이 시작되는 심장으로 쏘아졌다.

(이번 생은 황제로 살겠다 5권에서 계속)